Com que roupa?

A roupa certa no lugar certo

Christiane Fleury e Hiluz Del Priore

Com que roupa?

A roupa certa no lugar certo

Um guia de estilo

Casa da Palavra

Este livro foi revisado segundo o Novo Acordo Ortográfico da Língua Portuguesa.

Direção editorial
Martha Ribas
Ana Cecilia Impellizieri Martins

Editora
Fernanda Cardoso Zimmerhansl

Editora assistente
Marina Boscato Bigarella

Copidesque
Liciane Corrêa

Revisão
Vívia de Aguiar

Projeto gráfico de capa e miolo
Adriana Cataldo e Priscila Andrade
Zellig | www.zellig.com.br

Créditos das fotos de miolo
Dreamstime - páginas 11, 41, 46, 54, 59, 60, 65, 66, 73, 91, 95, 106, 133, 139, 140, 141
H&M - páginas 14, 15, 41, 43, 48, 54, 65, 66, 70, 73, 92, 104, 106

Ilustrações de capa e miolo
Johanna Thomé de Souza

CIP-BRASIL. CATALOGAÇÃO-NA-FONTE
SINDICATO NACIONAL DOS EDITORES DE LIVROS, RJ

F633c

Fleury, Christiane
Com que roupa? / Christiane Fleury e Hiluz Del Priore. - Rio de Janeiro : Casa da Palavra, 2012.

ISBN 978-85-7734-287-7

1. Moda. 2. Moda - Estilo. 3. Roupas femininas. 4. Vestuário. I. Priore, Hiluz Del II. Título.

12-5496. CDD: 391.2
CDU: 391-055.2

02.08.12 10.08.12 037848

CASA DA PALAVRA PRODUÇÃO EDITORIAL
Av. Calógeras, 6, sala 1.001, Centro
Rio de Janeiro RJ 20030-070
21.2222-3167 21.2224-7461
divulga@casadapalavra.com.br | www.casadapalavra.com.br

Sumário

Introdução

O grande compositor Noel Rosa imortalizou na letra de uma de suas músicas mais populares a seguinte pergunta: *Com que roupa eu vou?* Pois é, já na década de 1930 existia preocupação com a elegância. Os meios de comunicação e o comércio eram precários, e o alfaiate e a costureira eram os responsáveis por vestir homens e mulheres. Hoje, as costureiras quase sumiram (ainda encontramos algumas que trabalham em casa), e lojas e butiques se multiplicam pelo país. O mesmo vale para revistas e programas de TV dedicados à moda. Mais ainda: as novelas certamente compõem o mais influente dos canais de informação sobre tendências.

A ideia deste guia surgiu exatamente por conta das dúvidas que muitas mulheres nos traziam. Por que não passar informações, segredos, dicas e truques que facilitem a vida da mulher? O visual é importante na sociedade moderna, e quando nos achamos bonitas, nós nos sentimos bem.

Descubra aqui que seguir a moda pode ser divertido, desde que saiba qual é o seu estilo. E, muito importante: você vai ver que não é preciso gastar muito para se vestir bem. É necessário ter um bom espelho e muito bom-senso! Não está feliz? Mude! Não gostou? Troque! Não fica bem em você? Não use! Conheça as regras que vão mudar seu olhar diante do seu guarda-roupa. Faça deste guia um amigo e confidente de todas as horas.

Entrando no armário:
Vamos fazer uma faxina?

Tudo junto e misturado

A brasileira gosta de tudo em muita quantidade. Muitas roupas, muitos sapatos, muitos acessórios, muitos detalhes. Mas preste atenção: muitas vezes menos é mais. Em se tratando de roupas, o excesso só cria confusão. Enche o armário, que já não é lá muito grande e pior, você fica indecisa na hora de escolher o que vai usar.

Princípio básico: invista em qualidade, em vez de quantidade. Não acumule peças que não usa há muito tempo. Dê uma olhada no seu armário e responda: será que eu preciso de tudo isso?

A resposta certamente é não. O que você precisa é de um guarda-roupa inteligente e moderno, pronto para vesti-la em qualquer ocasião.

Mas o que é um guarda-roupa inteligente?

É aquele que reúne roupas básicas e práticas, peças coringas que possam ser renovadas a qualquer momento, e mais uma pitada de moda para compor o cardápio. Para isso é necessário ter organização e bom-senso. Você vai ver que dinheiro não é tudo no quesito elegância.

Primeiro passo: a faxina

Comece com uma limpeza no seu bom e velho armário. Não precisa jogar tudo fora, embora às vezes a gente tenha até vontade. Mas pratique o desapego, isso é fundamental. Não fique agarrada a roupas que você não usa há anos, mesmo que tragam boas lembranças! A moda sempre volta, mas volta diferente. Seu corpo muda, a vida muda. Guarde só as peças muito boas e queridas, que você tem certeza de que vai usar.

Difícil? Divida a tarefa em duas partes. Comece pelas roupas de inverno – elas são em menor número – mas ocupam muito espaço. Dê tchau àquele suéter grosso que você nunca usa porque a engorda e ao blazer antigo com ombreira. E o casaco de lã meio surrado, guardado para o dia muito frio que nunca chegou? Fora. Guarde as calças retas, clássicas, em cores neutras, os blazers bons, as blusas que você adora e o pretinho básico, companheiro fiel, um quebra-galho para qualquer ocasião. Essas peças a gente sempre usa.

Obs.: Não jogue nada fora; doe. Até mesmo na sua família deve ter alguém que precisa. E aí, ainda sobrou muita coisa? Não tem problema: reforme. Recorra a uma tia costureira ou a lojas especializadas em consertos que fazem tudo, desde pequenos acertos até uma reforma radical. Vale a pena!

Vamos às roupas de verão. Seja rigorosa. Já reparou quantas camisetas e blusinhas você vem há anos acumulando? Separe as que estão em bom estado, com as costuras em ordem e que não estão surradas. Guarde só as que você gosta muito e, sobretudo, que vestem bem. Calça baggy (larga no quadril e ajustada nas pernas), chega. A gente espera que nunca volte à moda. Não favorece ninguém, muito menos a brasileira de quadril largo. Dê aquela sandália que você comprou na liquidação e nunca usou – e pior, que nem é do seu número – para a amiga que sempre a adorou. Faça o mesmo com o vestido de madrinha naquela cor horrorosa que a noiva escolheu. Você nunca vai usá-lo de novo! Guarde apenas os bons básicos.

✱ Conseguiu? Muito bem. Agora vamos passar para a arrumação de verdade

✓ Compre cabides iguais, todos da mesma cor. Não é frescura. Isso dá uma ótima sensação de organização e não custa caro!

✓ Pendure na ordem: blusas, saias, casacos e, por último vestidos. Separe as peças em dois grupos: inverno e verão. Se tiver espaço, também agrupe por dia a dia, fim de semana e festas.

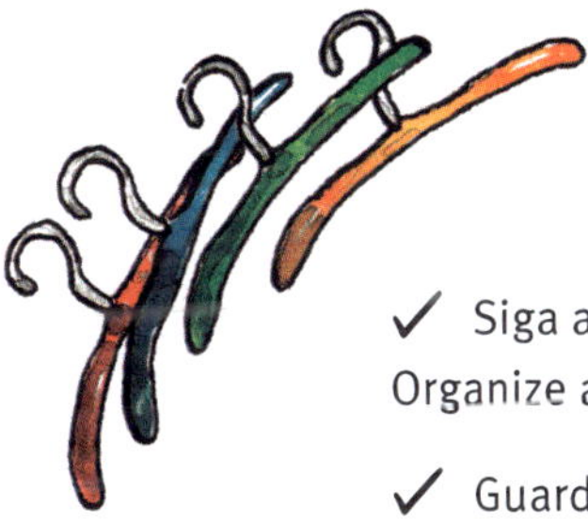

✓ Siga a mesma linha de arrumação nas gavetas. Organize a pilha de camisetas por cor.

✓ Guarde os sapatos fora da caixa, em saquinhos, para ganhar mais espaço.

Pronto, agora dá para você saber o que tem. Um armário organizado economiza muito tempo no seu dia a dia. Sem esquecer que ajuda bastante na arrumação de uma mala para viagem de fim de semana, férias ou trabalho.

O que não pode faltar num guarda-roupa moderno

Como você se vê, como se define? Básica, moderna, trabalha muito, é solteira e gosta de sair à noite? Ou leva uma vida filhos-escola-casa-marido? Essa resposta vai ajudá-la a definir seu estilo de vida e, portanto, seu modo de se vestir.

Anote: Seja qual for o seu estilo, tenha sempre uma roupa versátil no armário – um conjunto ou um vestido – que possa ser adaptada para qualquer ocasião e programas diferentes com o uso de acessórios.

✱ Peças que você não pode deixar de ter

- Uma calça preta de bom corte, de preferência reta.
- Um jeans (saiba mais no capítulo 6).
- Camisetas brancas e coloridas e, pelo menos uma estampada.
- Um blazer de inverno e um de verão.
- Vestidos de verão de malha, leves e soltos.
- Vestidos-camisa ou túnicas.
- Uma jaqueta.
- Um maiô e alguns biquínis.
- Um escarpim preto, um mocassim, sapatilhas coloridas, uma sandália baixa e uma alta, em cores neutras. E, claro, um par de tênis!
- Uma bolsa para o trabalho, uma pequena para sair à noite e uma grande para os fins de semana.

blazer

maiô

bolsa grande

calça preta reta

vestido

calça jeans

Confere? Agora fica por sua conta

Eis algumas dicas que vão tornar seu guarda-roupa mais versátil, conferindo-lhe uma pitada de moda, cor e graça. Lembre-se desta lista quando for compor seu visual: pequenos detalhes podem fazer o velho ter cara de novo. Vamos lá?

✓ Um grande recurso são lenços coloridos para você usar no pescoço ou amarrados na bolsa.

✓ Bijuterias como pulseiras, brincos ou um colar sempre atualizam o figurino.

✓ Uma bolsa colorida pode ser um bom truque.

✓ Um colete, liso ou estampado, pode renovar o visual.

✓ Uma sapatilha marcante, com estampa de oncinha, por exemplo, pode mudar tudo.

lenço

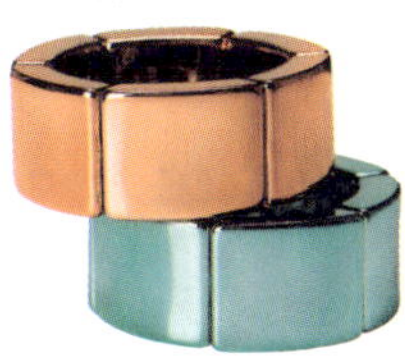

pulseiras

bolsa

Descubra seu estilo,
seja autêntica!

Qual o seu tipo físico?

A regra é sempre a mesma: vista-se de acordo com a sua silhueta. Olhe-se bem no espelho, faça uma autoanálise e seja sincera com você mesma. Descubra como disfarçar os pontos fracos e ressaltar as qualidades de seu corpo. Para cada tipo físico há uma roupa ideal. Você vai ver que ficará muito mais fácil na hora de fazer compras e se vestir.

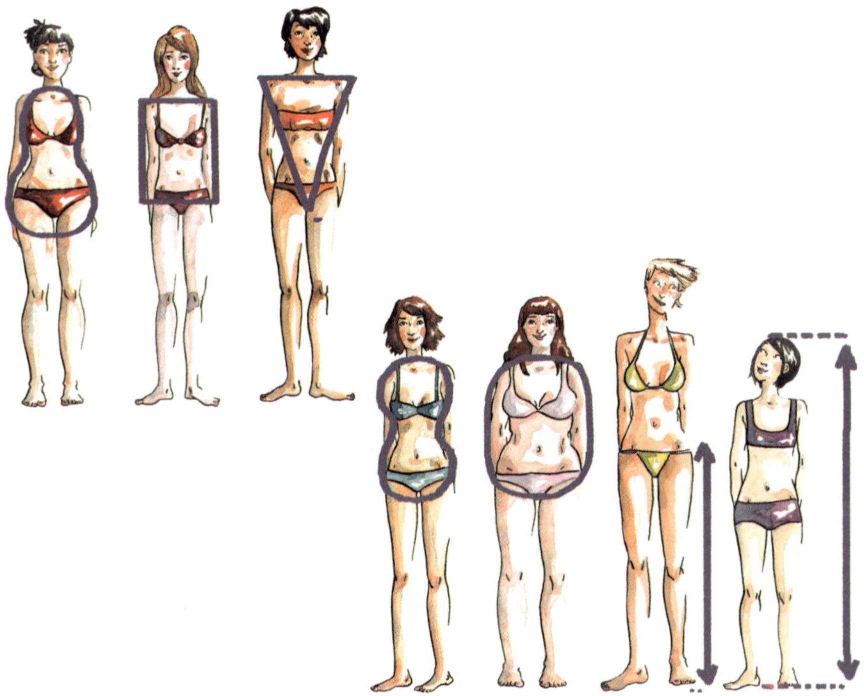

Veja em que tipo você se encaixa:

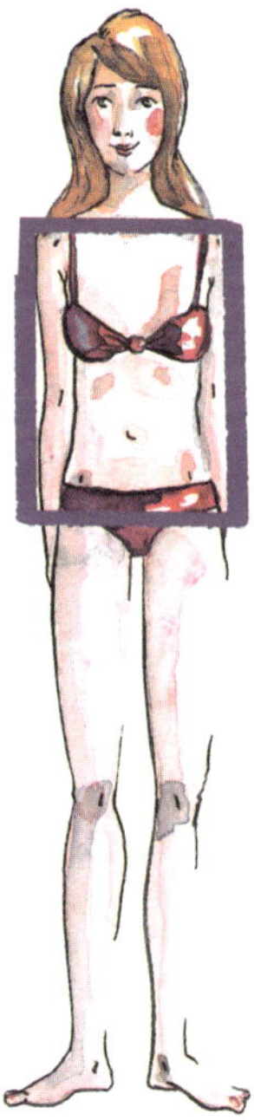

Corpo retângulo:

Ombros, quadril e cintura na mesma medida.
O truque é afinar a cintura.

Use:

- Casacos e jaquetas ajustados para marcar a cintura.
- Calças retas ou afuniladas, sem detalhes, para não criar volumes no quadril.
- Cintos ou faixas para realçar a cintura.
- Abuse dos decotes, principalmente em V ou U, e colares.
- Prefere saias? As evasês são ideais.
- Vestidos com cintura marcada.

Não use:

- Camisas ou blazers de corte largo e gola alta, que cobrem o colo e deixam a silhueta mais pesada.
- Casaquinhos curtos.
- Saias justas.
- Vestidos retos – você vai ficar parecendo um tijolinho.

* Corpo redondo:

A medida da cintura é maior que a dos ombros e do quadril. As mais cheinhas devem privilegiar os decotes e ombros.

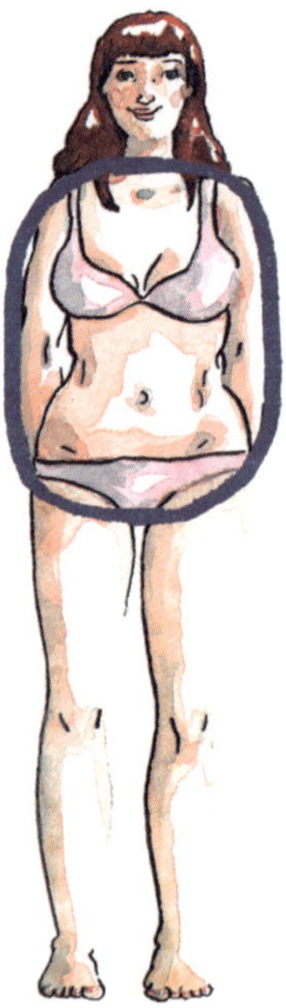

Use:

- Vestidos com cava americana – decote enviesado, terminando junto ao pescoço – ou frente única.
- Calças um pouco abaixo da cintura.
- Saias rodadas ou retas.
- Blusas cache-coeur – trespassadas – são perfeitas.
- Cores escuras na parte de cima, para disfarçar o volume.
- Sapatos com algum salto.

Não use:

- Calças skinny (bocas afuniladas) jeans muito apertada.
- Modelos tomara que caia ou de alcinhas.
- Listras horizontais, pois aumentam o volume do corpo.

✱ Corpo pera:

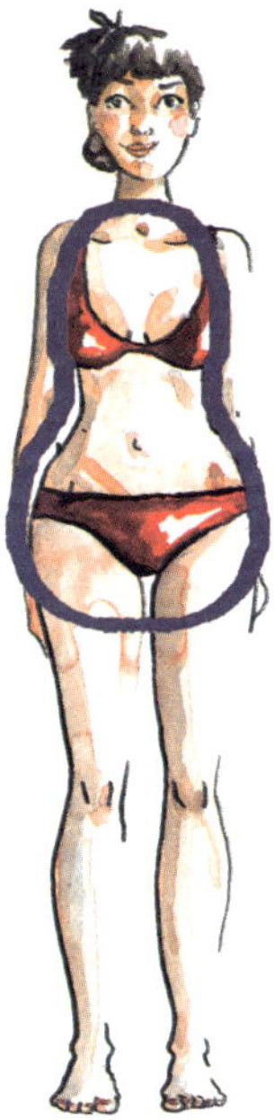

É o tipo físico mais comum entre as brasileiras, o de quadril largo. O truque é valorizar os ombros e disfarçar o volume do quadril.

Use:

- Decotes do tipo canoa.
- Blusas listradas.
- Saias ou calças com cores escuras.
- Vestidos com decotes ombro a ombro ou de um ombro só.
- Mangas com volume.
- Blazers ou casacos alongados, cobrindo o quadril.

Não use:

- Calças de pregas e skinny (bocas afuniladas).
- Saias com muito volume.
- Jaquetas muito curtas.

✱ Corpo delineado:

Também conhecido como violão, é o tipo que toda mulher gostaria de ter. Quadril e ombros proporcionais e cintura marcada. Pode praticamente tudo!

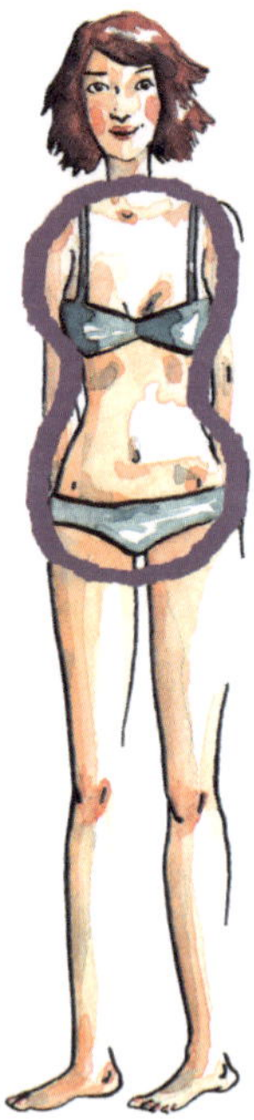

Use:

- Regatas e frentes únicas.
- Calças de alfaiataria masculina com pregas e calças justas.
- Vestidos tubo ou do tipo lânguidos e românticos com cintura marcada.
- Estampas – todas são permitidas.

Não use:

- Vestidos tipo saco.
- Casacos com ombreiras exageradas, mangas muito bufantes nos ombros. Não desequilibre esse corpinho que Deus lhe deu.

✳ Triângulo invertido

É o tipo físico característico de quem pratica esportes como a natação, por exemplo. Quadris estreitos e ombros largos. A dica é adotar formas mais justas até a cintura e mais amplas nos quadris.

Use:

- Calças com pregas.
- Saias amplas.
- Vestidos, túnicas e camisões com cintura marcada por cintos, faixas ou coulissês.

Não use:

- Ombreiras.
- Decotes ombro a ombro.
- Cavas que evidenciam os ombros.
- Golas grandes.

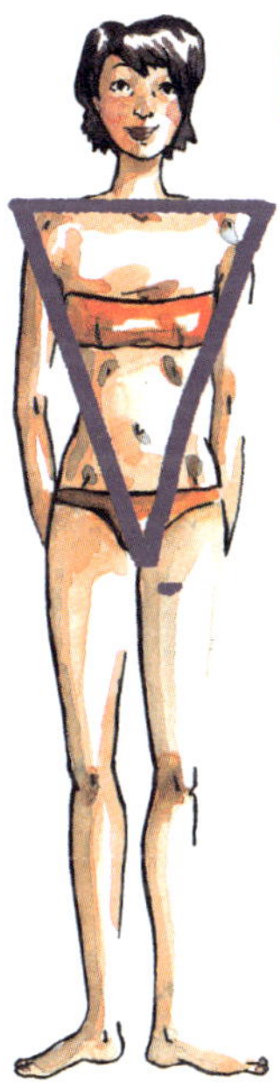

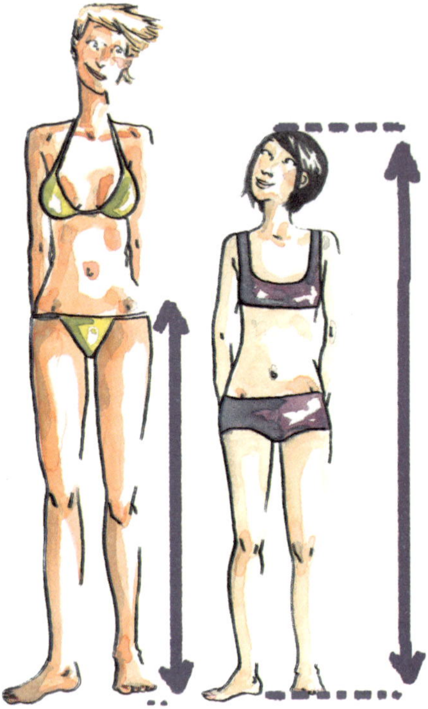

✱ Baixinhas

Prefira vestidos, túnicas, jaquetas e blazers curtos. As calças quase cobrindo os sapatos vão ajudá-la a parecer mais alta. Prefira os shorts às bermudas. Evite pantalonas muito largas. Cuidado com as minissaias rodadas, pois vão deixar você com um ar infantil. Botas de cano curto só devem ser usadas com meias-calças da mesma cor. Caso contrário, elas cortam a silhueta.

✱ Muito altas

Marque a cintura com cintos e faixas. Cuidado com o comprimento das mínis, prefira saias uns quatro dedos acima do joelho. Se for magrinha, abuse das listras horizontais e misture estampas. As altas ficam muito bem de pantalonas ou calças largas.

Atenção: Seja qual for seu tipo de corpo ou estatura, não descuide da regra básica: mais largo embaixo, ajustado em cima. Ou vice-versa.

✱ Depois dos 40

Hoje, as mulheres com mais de 40 anos não têm nada a ver com as de dez anos atrás. São resolvidas, fazem ginástica, uma dieta branda de vez em quando e, portanto, a maioria delas está em plena forma. Elas podem tudo ou quase tudo. Só não podem tentar parecer mais jovens do que são. O alerta vermelho acende e o tiro pode sair pela culatra. Mais uma vez, use seu bom senso e equilíbrio para distinguir o que combina ou não com você.

- Minissaia? Depende das pernas. Se estiverem em forma, por que não? Mas sem exagerar no "míni".
- Abandone laçarotes e saias de babados. Isso é erro na certa.
- Se os bracinhos não estiverem lá essas coisas, há mangas de vários estilos na moda, aproveite para usá-las. Por que mostrar o que não é bonito?
- Faça a base do seu guarda-roupa com os grandes clássicos.
- Evite tudo muito justo e tudo muito largo.
- Maquiagem em excesso também é perigoso. Como a pele resseca e perde a elasticidade com o passar dos anos, a maquiagem deve ser mais suave.
- Mantenha o corte de cabelo numa altura acima dos ombros. Cabelo comprido envelhece.
- Fuja das tendências – quer dizer, tudo que está na ultimíssima moda. Elas podem ser uma armadilha. Adote só o que lhe cai bem e combina com você.

Qual o seu estilo?

* Esportiva e básica

Seu lema é conforto. É alegre, gosta de viver de dia e adota o estilo informal. Na verdade, tem até dificuldade em se produzir para situações mais formais. Prefere um guarda-roupa simples e fácil de coordenar. Eis algumas sugestões:

- Privilegie as cores neutras, como cáqui, off-white (tom entre o branco e o bege), azul-marinho e preto.
- Camisetas coloridas e brancas, jeans, camisas sociais.
- Listras ou xadrez.
- Cardigãs.
- Uma boa jaqueta de couro.
- Vestidos chemisiers.
- Saias retas.
- O pretinho básico, peça coringa para sair à noite sem estresse.
- Sapatos baixos, tipo oxford (de amarrar) ou tênis, e um escarpim de salto médio para ocasiões formais.
- Bolsas grandes e práticas, tipo "sacola", para combinar com tudo, e não deixe de ter uma pequena para ocasiões especiais.
- Echarpes e lenços coloridos para quebrar o dia a dia.
- Acessórios que não podem faltar: brincos grandes, como argolas, e um relógio esportivo e colorido.

✳ Clássica

Perfil de mulheres que priorizam um estilo de vida mais tradicional. Costumam ter cargos de chefia e gostam de imprimir seriedade e segurança. Preferem ter poucas e boas roupas. Ficam atentas aos detalhes e à qualidade. Geralmente, quando compram por impulso se arrependem. Você é clássica? Então anote alguns itens básicos:

- Blazer estilo alfaiataria.
- Cardigãs de lã, de cashmere ou de malha.
- Blusas de seda e tecidos similares.
- Cores neutras.
- Escarpins ou mocassins com saltos médios. O máximo da ousadia é um modelo bicolor.
- Calças de corte reto.
- De dia ou de noite, terninhos. Os mais práticos são os de viscose e crepe porque não amarrotam e atravessam o dia sem perder a linha. Os modelos de linho são mais diurnos mas ficam logo amassados. É melhor reservá-los para uma única saída.
- Bijuterias ou joias discretas, como um fio de pérolas e brincos pequenos.
- Bolsas nem muito grandes nem muito pequenas, em que caibam o material de trabalho, carteira, cheque e, imprescindível, uma nécessaire com produtos para retocar a maquiagem.
- Um detalhe para quebrar a formalidade do visual: um lenço de cor lisa ou com estampa discreta para amarrar na bolsa do dia a dia.

Romântica

Você é sonhadora e extremamente feminina? Não pense duas vezes na hora de se vestir. Crie o seu figurino a partir de alguns pontos básicos – mas evite excessos para não passar uma imagem infantil.

- Aposte nos tons suaves e em tecidos delicados.
- No inverno, destaque para o veludo e o cetim.
- Vestidos soltos.
- Estampas florais.
- Babados e rendas.
- Blusas trabalhadas, com pequenos detalhes e bordados.
- Bijuteria fina e delicada.
- Bolsas molengas à moda hippie.
- Sapatilhas baixas ou escarpins tipo boneca.

Ser romântica é saber dosar muito bem a delicadeza de estampas, cores e formas, escolher bijuterias leves e discretas, sempre de acordo com seu estilo. É necessário boa dose de sutileza e sensibilidade para que o visual romântico tenha personalidade e não lembre princesas dos "contos de fadas".

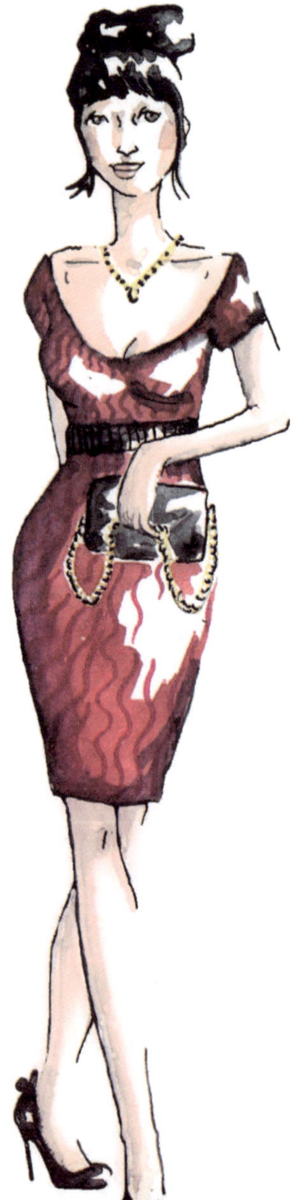

Alerta: Não dá para ser mulher fatal o tempo inteiro; portanto, cuidado com os exageros.

✳ Sexy

É a linguagem do corpo. Você pode ser ousada, sensual, extravagante – o importante é chamar a atenção onde quer que esteja. Sedutora, faz charme o tempo inteiro. Qual a melhor roupa para seduzir? Siga a cartilha:

- Decotes insinuantes que valorizam o busto mas sem deixar os seios à mostra.
- Roupas justas – porém, nada de mostrar a marca da calcinha.
- Transparências e brilhos sem exageros.
- Cores fortes.
- Lingerie colorida.
- Estampas de animais (pantera, onça, cobra). Basta usar uma peça do vestuário ou um acessório. Não se transforme numa pantera dos pés à cabeça!

✳ Moderna e criativa

Faz parte da turma mais jovem, dos descolados, que gosta de sair a noite para dançar. Usa a roupa para se divertir, veste-se com figurinos. Adora o diferente e não limita o número de cores, estampas ou tipos de tecidos usados ao mesmo tempo. Está sempre a par das últimas novidades da moda, principalmente as mais ousadas. Não tem medo de chocar com suas combinações.

- Mix de estilos (masculino/feminino): combinações entre peças do guarda-roupa do homem e da mulher podem dar muito certo. Paletós ganham fantasia com blusas ultrafemininas, detalhadas e bordadas. Um vestido bem romântico fica ótimo com um paletó ou jaqueta masculina.
- Os sapatos tem papel importante no visual, de preferência os mais fechados e pesados, como os de amarrar, os abotinados e as botas.
- Chapéus pequenos e masculinos – do panamá ao feltro, passando por alguns materiais sintéticos.
- Peças de artesanato e vintage de feirinhas e brechós como bolsas, broches e cintos ganham força na composição do visual.

Criatividade é o lema, mas cuidado para não virar um personagem.

Vestida para trabalhar

Pronta para a entrevista?

A cena se repete diariamente em todas as grandes cidades: a procura por um emprego. Entrar para o mercado de trabalho é sempre um desafio, e você precisa mostrar, além de experiência ou de um bom currículo, uma imagem condizente com o cargo pretendido. Claro, você será avaliada pela competência e não pela roupa que estiver usando, mas vale cuidar da aparência também.

Lembre-se: a primeira impressão é a que fica.

Estar vestida corretamente demonstra segurança. Seja moderada, não exagere, nem carregue na maquiagem: o foco da conversa deve estar em suas qualidades e competências. Quando sua aparência chama mais atenção que a conversa com o entrevistador, você corre o risco de perder oportunidades profissionais.

Siga a etiqueta e fique atenta a algumas dicas e regras.

Do estágio à diretoria, do ambiente formal (em banco, empresas multinacionais, estatais etc.) ao mais informal (em agências de publicidade, de design, grupos de imprensa) e mesmo nos cargos que exigem uniformes (em consultórios, hospitais, laboratórios, comércio), existem códigos que devem ser seguidos. Às vezes é preciso até mesmo que você mude de estilo. Seu visual deve estar adequado ao ambiente de trabalho.

Regra básica: Conheça a empresa para a qual está se candidatando a uma vaga.

Consulte o site da companhia, converse com pessoas que trabalham ou já trabalharam lá. Tente obter o máximo de informações quanto aos valores do empregador. Alguns têm cultura mais aberta, o que permite um visual mais descontraído. Outros valorizam a formalidade e o rigor clássico. Seu figurino deve seguir as regras do jogo, sempre de acordo com o ambiente no qual você pretende conviver.

✱ Não quer errar? Roupa social e cores neutras têm sempre a aprovação do RH e da chefia.

✓ Um exemplo de clássico: terninho ou calça reta e blazer usados com camisa social ou camiseta. Se optar por saia ou vestido, cuidado com o comprimento, que deve cobrir os joelhos. Nada de míni nem de saia longa. Cores como preto, azul-marinho, cáqui e tons pastel são sempre as mais indicadas.

✓ Evite estampas exageradas, com mais de três cores. Decotes, transparências e brilhos estão proibidos. Eles podem gerar desconforto entre você e o entrevistador.

✓ Escolha mocassins ou escarpins, baixos ou de saltos médios, que ficam bem em todas as mulheres e combinam com qualquer roupa. Deixe em casa os tênis e as sandálias rasteirinhas. Atenção com o tamanho da bolsa, que não deve ser nem muito grande nem muito pequena.

Importantíssimo: Estar perfumada é de bom tom, mas sem exagero. Perfumes fortes podem deixar o entrevistador enjoado. Prefira colônias leves e refrescantes.

✓ Seja discreta. Nada de bijuterias que fazem barulho quando você se movimenta. E mais: não use os óculos de sol no alto da cabeça, como um arco de cabelo; guarde os fones de ouvido na bolsa, em vez de usá-los no pescoço como um colar – isso pode passar uma imagem juvenil e irresponsável.

✱ Valorize a sua aparência, imprima um estilo discreto.

✓ Cabelos bem-tratados causam boa impressão. Podem ser usados presos ou soltos, mas se forem compridos é melhor prendê-los num rabo de cavalo para evitar que caiam no rosto e impeçam um olhar direto na direção do entrevistador. Evite jogá-los de um lado para o outro como um acessório de sedução.

✓ A maquiagem deve ser leve e opaca. As consultoras de moda chamam de maquiagem "nada": batons em tons neutros, de preferência cor de boca; o mesmo tom ou cor do blush (rosado ou tons bronzeados) para a sombra; e apenas uma camada de rímel nos cílios, para um olhar mais leve e diurno. Não se esqueça de uma pincelada de blush a fim de dar um ar saudável. Unhas bem-feitas completam sua imagem. Use esmaltes em cores clássicas e naturais. Deixe preto, verde, pink e laranja para o fim de semana.

Anote o que pode e o que não pode

Pode

- O trio básico: calça + blazer + camisa social e/ou camiseta.
- Mocassim ou sapatilha.
- Jeans escuro clássico (o desbotado é só para o fim de semana).
- Bijuteria discreta.
- Lenço e echarpe para dar um charme.
- Maquiagem leve.

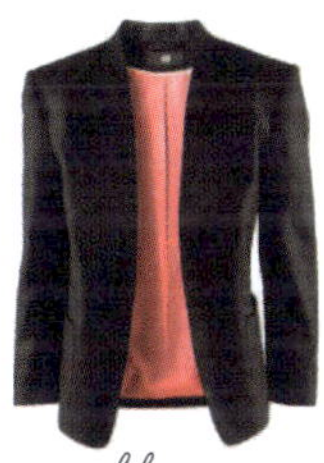

blazer

camiseta

calça

sapatilha

mocassin

Oba, o emprego é seu!

É hora de organizar seu guarda-roupa. Reserve um espaço para as roupas de trabalho. Acredite, vai facilitar a sua vida!

Tenha sempre um modelo – de preferência um terninho – que possa ser desdobrado em outros looks. Um troca-troca, tipo um que vira três ou quatro. Por exemplo: você pode usar a calça do conjunto com outras peças, como uma camisa e um casaquinho de malha ou uma jaqueta, e o paletó com uma saia ou outra calça. Novas combinações dão a sensação de novidade, o que é muito bom!

Sapatos para trabalhar

Regra básica: Pense no conforto dos seus pés. É necessário se sentir confortável para lidar com o dia a dia no escritório e nas reuniões externas. Mocassins e sapatilhas são os melhores companheiros. Se o ambiente de trabalho for mais formal, não descarte um escarpim de salto médio e uma sandália de salto grosso no verão.

Uma boa dica: À noite, antes de dormir, escolha a roupa que vai usar no dia seguinte, e também os acessórios. Você vai poder dormir mais cinco minutos e não precisará quebrar a cabeça ao acordar pensando "com que roupa eu vou?"

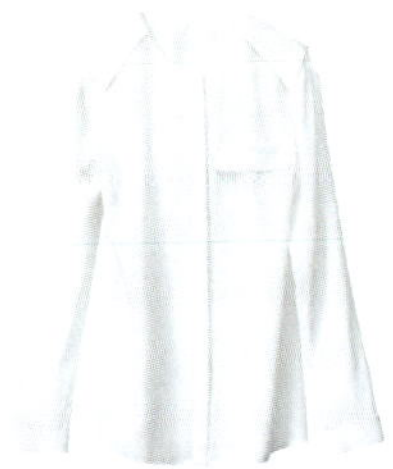

camisa social

saia reta

Pode

- Esmalte em cor clássica.
- Saia em cores lisas e neutras na altura dos joelhos.
- Vestido tipo camisa ou tubo, simples, sem excesso de detalhes.
- Repetir roupa não tem o menor problema, mesmo na mesma semana. Basta mudar o visual através de acessórios e outras peças do vestuário. Se for um terninho ou um conjunto de calça e blazer, troque a camisa ou a camiseta que já foram usadas por outras em cores e estampas diferentes. Se for um vestido, amarre um lenço no pescoço ou coloque um colar.

Não pode

- Roupa justa.
- Decote.
- Estampa forte.
- Brilhos, dourado e prateado.
- Minissaia.
- Saia longa arrastando no chão.
- Tênis e sandália rasteira.
- Bota de salto alto.
- Alça do sutiã aparecendo.
- Barriga de fora.
- Calça skinny (bocas afuniladas) e legging.
- Bijuteria barulhenta.
- Perfume forte.
- Maquiagem exagerada e esmalte em cores pouco convencionais como preto, verde, azul etc.

Sexta-feira casual

É dia de trabalhar vestida com descontração e informalidade, mas respeite alguns limites.

Jeans pode, é o grande dia dele, mas somente os modelos clássicos. É proibido usar os modelos manchados, desbotados em excesso, com brilhos e apliques, furados e muito menos rasgados. Deixe essas versões para sair com os amigos.

No inverno, dê preferência aos jeans azuis e pretos; no verão, a cores claras como bege, cáqui e branco. Combine com camisetas de cores lisas – nada de estampas em silk-screen – blusas, jaquetas ou casaquinhos. Em algumas empresas o tênis é permitido, mas escolha um modelo simples. Afinal, você não vai malhar na academia.

* Lembre-se: informalidade e descontração não significam exageros nem "pode tudo". É proibido:

✓ Mostrar a barriga, mesmo que saradíssima, numa miniblusa.

✓ Deixar aparecer as alças do sutiã na regata sem manga porque está na moda.

✓ Roupas muito decotadas.

✓ Calças legging ou skinny, exibindo o contorno do corpo.

✓ Bermudas e shorts, nem pensar, mesmo com 40 graus à sombra.

✓ Minissaias, sempre impróprias em ambientes profissionais.

✓ Certo

X Errado

Festas no trabalho

As empresas costumam celebrar algumas datas especiais com seus empregados, seja o fechamento de um contrato importante, um grande lançamento ou o sucesso de vendas de um produto. Há ainda a festa de fim de ano, a mais tradicional. Pois bem: cada ocasião pede uma maneira apropriada de se vestir e um código de etiqueta. Nessas ocasiões seu comportamento é tão importante quanto sua roupa. Cumprimentar os colegas, agradecer o convite, conversar com todos os presentes – isso faz parte da regra geral. E nada de drinques a mais... Mantenha a linha, pois seu emprego pode estar em jogo. Lembre que no dia seguinte você e aquelas pessoas vão se encontrar sóbrias e em um ambiente sério.

Evite levar acompanhantes, a não ser que o convite seja feito ao casal. Ele vai se sentir deslocado e você, sem liberdade de interagir com os colegas. Não fale só de trabalho, evite as fofocas e não fique atrás do chefe em busca de atenção. Se a festa for dançante, use a pista com elegância. Nada de dançar sensualmente. Discrição é sempre a melhor solução.

✱ Algumas dicas para não pagar mico e não errar no figurino:

✓ Mantenha seu estilo profissional, evite decote, transparência, lingerie à mostra, saltos muito altos.

✓ Happy-hour num barzinho depois do expediente: Seja prevenida. Tenha sempre ao seu alcance, no escritório ou na sua bolsa uma nécessaire com produtos básicos para retocar a maquiagem. No mais, tenha em mãos um lenço, um colar ou um par de brincos mais *fashion* para mudar o visual.

✓ Coquetel ou jantar com chefes ou clientes: O pretinho básico é sempre o melhor amigo da elegância. Com os acessórios certos, nunca é demais nem de menos. Se for direto do trabalho, não se estresse. Leve uma bolsa/sacola com os complementos necessários para fazer sua "transformação" na empresa: sapatos de salto, brincos mais sofisticados, uma bolsa ou carteira pequena e uma nécessaire com maquiagem e perfume. Pode crer, você estará vestida na medida certa.

> *Lembre-se: Seu comportamento é tão importante quanto sua roupa e faz toda a diferença se você quiser continuar no emprego no ano seguinte.*

Festas de Natal: Cuidado com as armadilhas.

A roupa depende do lugar onde a festa vai acontecer. Geralmente as empresas optam por churrascos em sítios ou clubes, uma opção bastante popular que oferece um dia de lazer para quem trabalhou duro o ano inteiro, com direito a partidas de futebol e de vôlei, banho de piscina e música. O convite é para aproveitar o dia com muita descontração, portanto o melhor "uniforme" é vestir um jeans com camiseta. E lembre-se de evitar decote exagerado e barriga de fora. Se pretende mergulhar na piscina, use biquíni discreto ou maiô.

Se a comemoração for à noite, na casa do chefe ou em uma boate, o figurino deve ser mais formal, porém sem exageros: esqueça transparências, decotes ousados, paetês e vestidos longos. Prefira uma pantalona de tecido leve com uma blusa de seda, ou um vestido sequinho, tipo tubo, que não seja muito justo. Se estiver com uns quilinhos a mais, não se acanhe. Vista uma calça de corte reto – de preferência preta, a cor que disfarça as gordurinhas – e uma blusa e/ou túnica mais larga, em tecido solto como seda ou crepe. Estar bem-vestida é sinal de que você valoriza seu grupo e sua empresa.

Guarda-roupa de festa para comemorações especiais:

Festas de 15 anos, festas de formatura, casamentos

É hora de festejar!

O que vestir em cada ocasião? Existe um código para cada tipo de celebração? Claro que sim. Siga nossas orientações para não errar no momento de montar o seu figurino de festa.

Festas de casamento

Você é convidada para um casamento. Pense que os noivos prepararam a cerimônia com o maior carinho, por isso você deve se apresentar de acordo com as regras que a ocasião exige. Vista-se de acordo com o horário e local da cerimônia. E nunca se esqueça: o dia é da noiva, você não pode brilhar mais que ela!

Confira algumas regrinhas básicas que valem para qualquer tipo de cerimônia de casamento, seja ela formal ou informal, tradicional ou moderna

Casamento depois das 18 horas

✓ **Longo ou curto?** Atenção: A não ser que você seja madrinha e a noiva peça longo, a resposta é CURTO. São as noivas que costumam determinar o tipo de traje usado pelas madrinhas.

✓ **Cor:** O branco é definitivamente exclusivo das noivas, mas o preto, antes proibido, está liberado – exceto se você for madrinha. De resto, todas as cores são permitidas, assim como estampas miúdas e discretas. Nada de florões ultracoloridos. O pois (estampa de bolinhas) é um excelente exemplo: simples e chique.

✓ **Echarpes, lenços grandes e pashminas:** Use sem medo, principalmente com vestido decotado e tomara que caia, pois disfarçam decotes indiscretos durante as cerimônias religiosas. Se não quiser errar, combine com a cor do vestido, mas pode ousar com uma cor contrastante se estiver segura da escolha.

✓ **Acessórios:** Nas cerimônias tradicionais, os sapatos devem ter salto. Sapatilhas, mesmo que tenham brilhos e bordados, devem ser evitadas. Claro que se pode abrir uma exceção se você tiver 1,90 metro de altura ou algum problema nos pés! Sandálias delicadas ou escarpins são excelentes opções, você decide. A bolsa ideal é a carteira pequena, mas pode também usar uma bolsa vintage de alça curta. A cor da bolsa não precisa combinar com a do sapato – essa lei foi abolida há muito tempo... Escolha um modelo de cor contrastante ou com bordados delicados. Não exagere nas bijuterias e joias: brincos, pulseiras e colares devem ser discretos.

✓ **Maquiagem:** Capriche, mas nada de exageros. Pense que ela tem que durar até o final da festa e, portanto, maquie-se com capricho e leve na bolsa batom e blush para eventuais retoques.

Casamento de dia

Use um vestido curto ou um tailleur leve, de cor lisa ou com um estampado discreto. Se a cerimônia for no campo ou na praia, você pode usar pantalona com camisa de seda ou crepe ou terno em crepe, linho ou seda. E nesse caso, sim, calçar sapatilhas e sapatos baixos: são os mais indicados para a ocasião. Deixe o preto de lado e use cores clássicas, porém alegres.

✓ **Chapéu:** Se você quiser usar, tudo bem, mesmo que não seja madrinha. Mas atenção: chapéu só é indicado para as cerimônias diurnas. Jamais use chapéu com saia longa ou vestido comprido. Os modelos mais indicados são os de palha delicada, que podem ser coloridos. Leves, principalmente no verão é fácil combiná-los com vestidos de seda ou crepe. Chapéus-panamás e outros modelos masculinos estão na moda, mas não combinam com a ocasião e só devem ser usados em momentos informais e descontraídos.

Uma dica importante: Casamento é assunto sério, e estar vestida apropriadamente para a ocasião é um gesto de gentileza em relação aos noivos. O mundo mudou, mas a boa educação permanece. Esqueça as celebridades que viu nas revistas de fofoca e não tente copiá-las. Seja você mesma, linda, segura e vá em frente.

Chegou o grande dia: o do seu casamento!

A escolha do vestido de noiva é um dos momentos marcantes da vida de uma mulher. No dia "D", é natural que você queira ficar linda e maravilhosa. Mas o desejo de usar o modelo mais lindo do mundo pode deixá-la insegura e indecisa. Não permita que o sonho se transforme em pesadelo! Para evitar a tensão pré-matrimonial, siga uma cartilha básica cuja receita principal é muito simples: prepare-se com antecedência para o grande dia.

Fique atenta a alguns aspectos que vão ajudá-la na escolha do figurino:

1- Tipo de cerimônia

2- Horário

3- Estação do ano

4- Local

5- Comece pelo sonho, mas acorde para a realidade. Quanto você pode gastar?

Antes de decidir o modelo, faça uma boa pesquisa. O melhor caminho são as revistas especializadas para noivas, que trazem ótimas sugestões. Na internet você encontra inúmeros sites exclusivos sobre casamento, com dicas, endereços de lojas especializadas, sugestões de modelos para vários tipos de cerimônia. As feiras de noivas, que acontecem em algumas capitais brasileiras, são também um ótimo campo de pesquisa, já que lá estão as últimas novidades do segmento. Finalizada essa etapa, faça um painel com os modelos de que você mais gostou. O próximo passo é adequar os vestidos selecionados ao seu estilo e tipo físico.

✱ Siga os exemplos:

✓ Se você é mignon (pequena e magrinha), dê preferência aos modelos retos ou evasês, de corte junto ao corpo. Evite decotes exagerados. Uma cauda curta ficará perfeita, pois alonga a silhueta. Cuidado com detalhes muito românticos, como babados e laçarotes, que podem deixá-la com cara de primeira comunhão. O corte tipo princesa – corpo ajustado até a cintura e saia mais ampla – também é uma excelente modelagem para valorizar seu tipo físico. Se optar por usar véu, escolha um modelo não muito longo, no máximo do mesmo comprimento do vestido. O ideal é pôr apenas um bonito arranjo de flores na cabeça, combinando com o buquê que levará nas mãos.

✓ Se você tem quadril largo, respeite as suas curvas. Escolha um modelo com saia enviesada que disfarce o quadril e valorize o colo com um bom decote, como um tomara que caia, por exemplo. Outro decote bonito é o ombro a ombro na frente e V nas costas. Fica lindo no altar.

✓ As altas e magras podem tudo. Se for seu biótipo, são opções tanto os modelos justos como os volumosos, em tecidos encorpados como o tafetá e o cetim de noiva. Tudo vai cair bem, inclusive um véu longo e romântico.

✓ Se alguns quilinhos a mais for o seu caso, prefira os modelos de saia evasê com um decote em V ou trespassado. Eles disfarçam as gordurinhas! Opte sempre por um arranjo delicado na cabeça. O véu acrescenta volume à silhueta.

✱ Tire as dúvidas

Vestido tomara que caia ainda está na moda? Está, sim! No entanto, se escolher esse modelo, pense em acrescentar um bolero de renda ou em tecido mais leve que o do vestido no altar. Depois, na festa, você pode tirá-lo e dançar à vontade.

Essa história de trocar de roupa para dançar na sua festa de casamento é cafona. Fique com o modelo lindo que escolheu para a cerimônia e caia na pista de dança. Você vai continuar maravilhosa a noite inteira!

✱ Mais alguns segredos

Pesquisou bastante? Agora feche os olhos e idealize o modelo perfeito, aquele que vai ficar bem em você. E lembre-se: é uma escolha sua, nada de pedir opinião ao noivo. Dizem que traz má sorte, e você não vai querer arriscar, né?

Vá a lojas, ateliês ou costureiras com alguém da sua confiança, amiga ou parente, que possa ajudá-la na escolha do modelo. Mas evite levar um grupo de amigas,

mãe, sogra etc. Muita gente opinando pode gerar uma grande confusão.

Pense no estilo, em todos os detalhes, mas não esqueça que um vestido de noiva deve ser confortável, já que você vai passar horas com ele. Afinal, a ideia é estar linda e sorridente, e não com cara de sofrimento nas fotos.

Um arranjo de flores delicado é sempre uma boa opção para substituir o tradicional véu. É uma proposta mais moderna e atual. O buquê deve ser leve e, principalmente, feito de flores naturais – isso faz toda a diferença.

Escolha sapatos de salto médio. Evite ficar mais alta do que o noivo. Será mais confortável para circular na festa, dançar e se divertir. O ideal é usar um escarpim simples. Se já tiver esse modelo no armário, basta forrar com o mesmo tecido do vestido.

Reza a lenda que chover no dia do casamento é sinal de felicidade e que vestir alguma peça usada traz sorte!

Noivas tradicionais se vestem de branco ou pérola para se casar na igreja. Cores fortes podem ser usadas apenas em casamentos civis.

Alugar. Por que não?

Atualmente, alugar um vestido de noiva é bastante prático, e sobretudo cabe muito bem em um orçamento apertado. As lojas especializadas, tradicionais ou virtuais, têm boas opções para todos os estilos. Todas prestam serviço personalizado e fazem os ajustes necessários ao seu corpo. Pense nas vantagens: é mais barato e você pode experimentar vários até encontrar o ideal.

Damas de honra

Você convidou crianças da família ou suas amigas mais próximas?

Se você escolher crianças, siga os modelos clássicos, que sempre dão certo: para as daminhas, vestidos compridos, com comprimento acima dos sapatos a fim de que não tropecem na hora de entrar na igreja, cintura alta marcada com uma faixa colorida e um lindo laço atrás. Na cabeça, uma coroinha de flores fica perfeito. Não copie seu vestido em miniatura. O modelo de noiva é só seu. E nada de maquiar as meninas. Os pajens devem usar terno azul-marinho ou cinza-escuro no inverno ou calça e camisa branca no verão.

Já se as damas forem suas amigas, elas podem usar modelos diferentes, mas todos na mesma cor. Nada de exageros, tipo mangas bufantes e saias rodadas. Mantenha-se fiel aos clássicos, com busto mais ajustado e saia evasê. Não tem erro!

Você é a mãe da noiva

A figura feminina mais importante da cerimônia depois da noiva é a mãe da noiva! Assim como sua filha, você deve atentar para o estilo de casamento, o horário, a estação do ano etc. Importantíssimo: Como mãe da noiva, você deve receber os convidados e supervisionar a festa, portanto deve estar confortável na roupa escolhida.

✱ Curto ou longo?

Vai depender da noiva. Se as madrinhas estiverem de longo, você e a sogra também devem estar. Se a noiva optar pelo curto, todas devem seguir a regra.

✱ Cor

Preto, jamais. Inclusive para a sogra. Branco, é claro, nem pensar! Essa cor é exclusiva da noiva. Opte por cores sóbrias e discretas para uma cerimônia formal, como bege, prata etc. E tons mais alegres para uma festa mais informal, como azul, lilás, rosa-velho, assim como estampas bem suaves.

✱ Acessórios

O uso de chapéu em cerimônias à noite é permitido para você, a sogra e as madrinhas, que ficam no altar. Mas tudo deve ser combinado antes para haver sintonia. Se a opção for por usar chapéu, todas presentes no altar deverão vestir o complemento. Se a festa for em casa, ou mesmo em um clube, você deve tirar o chapéu, pois receberá os convidados e não fica elegante manter a cabeça coberta. Cuidado com os sapatos. Não ouse com saltos altíssimos, mesmo que esteja habituada. A festa pode virar um tormento. A bolsa deve ser pequena, de qualquer estilo. Na hora da festa, guarde-a em um lugar seguro.

Você é a madrinha

Toda amiga fica orgulhosa com o convite para ser madrinha da noiva (ou do noivo). Mas logo o nervosismo aparece com a difícil tarefa da escolha do modelo do vestido. Não entre em pânico. É só seguir algumas dicas básicas:

✱ Curto ou longo?

A primeira coisa a fazer é conversar com a noiva. Que tipo de casamento será? Formal ou informal? À tarde ou à noite? Cerimônia na igreja ou só festa? Ela deseja vestido longo ou curto? Se a noiva pedir curto, todo mundo de curto. Se a noiva pedir longo, todo mundo de longo. Todo mundo quer dizer mãe, sogra e madrinhas. Atenção: Curto não quer dizer míni! Mesmo se você for jovem, o comprimento deve ser na altura dos joelhos, ou no máximo um pouco acima.

Cor

Independentemente da estação do ano, duas cores são proibidas: o preto e o branco. Os tons de prata e outros clássicos ficam para as mães. As madrinhas devem usar cores alegres e fortes, mantendo a elegância. Renda, tafetá, shantung de seda e crepe são tecidos perfeitos para qualquer tipo de cerimônia. Estampas de animais não são apropriadas, e estampados grandes que chamem muito atenção devem ser evitados. Modelos de paetês estão proibidos: você não está num baile.

Festas de 15 anos

Festejar os 15 anos voltou à moda. Mesmo que hoje em dia adolescentes nessa faixa etária já namorem, tenham permissão para sair à noite com amigos, o ritual do baile de debutante ainda provoca nelas o desejo de viver "um dia de princesa". É um sonho que a maioria das garotas brasileiras persegue. Mais ainda: elas contam com o apoio irrestrito das mães, capazes de sacrifícios financeiros para realizar uma bela festa para a filha. É bom lembrar que as comemorações atuais se reinventaram e já não seguem mais os códigos rígidos do século passado. É possível produzir uma festa bonita, divertida e moderna tanto no estilo a rigor, seguindo os padrões formais, quanto numa versão temática, que pode inclusive ser à fantasia. O importante é festejar!

tiara

brinco

vestido

escarpim

escarpim

Vamos esquecer regras antigas como as trocas de roupa (isso mesmo, algumas meninas trocavam três vezes de vestido durante a festa) e o número infindável de valsas? A receita é simples: um bom bufê, um DJ animado com ótima música e uma decoração leve. Lembre-se de que não é um casamento, e sim uma festa de 15 anos! Convites impressos são mais elegantes, mas vale também o convite eletrônico, já que se trata de um evento para jovens e o mundo deles é o da tecnologia. O traje é sempre uma grande preocupação de todos os convidados e deve estar no texto do convite. Você determina.

✳ O vestido dos sonhos

A aniversariante escolhe: longo ou curto é um desejo dela. O estilo? Romântico e delicado é como ela sempre sonhou, ou algo mais moderno? Cores? Preto, azul-marinho e roxo devem ser esquecidos – esses ficam para a mãe. Prefira os tons pastel, os rosados, branco, prateado ou dourado. Se a escolha foi uma festa tradicional o modelo deve ser clássico, atemporal, tipo saia rodada com corselete, com ou sem alças. Não tem erro e valoriza a silhueta de uma adolescente de 15 anos. Os tecidos mais indicados são tafetá, organza, tule, brocados e, para os detalhes, renda. Nada de decotes sensuais. Laços, babados ou bordados delicados romantizam o modelo se assim for o desejo da debutante. Maquiagem suave e um arranjo delicado no penteado finalizam o visual. Tudo muito bem dosado para não ficar com cara de noiva.

✱ Dicas para que a festa seja um sucesso

Se tiver um orçamento mais flexível e puder gastar um pouquinho a mais, existem empresas especializadas que organizam festas de 15 anos nos mínimos detalhes, da decoração ao fotógrafo, DJ e bufê. Antes de contratar, no entanto, pesquise bastante, verifique se você conhece alguém que já usou o serviço, vá pessoalmente à empresa, peça para ver os álbuns de fotografias de festas anteriores. Isso é essencial para evitar ter uma surpresa desagradável.

Vão convidar as amigas da aniversariante para dançar a valsa? Não as obriguem a usar modelos predeterminados. No máximo, peçam que todas usem uma mesma cor que combine com a do seu vestido.

Ela sonha em dançar a valsa com um artista de TV no papel de "príncipe", já que não tem namorado ou uma paquera? É possível, mas saiba que o cachê é alto. A família deve avaliar se vale a pena o custo.

Querem dar lembrancinhas? Tudo bem, mas não é obrigatório. Pensem em algo simples e delicado que marque a data, como um pingente para as meninas e um par de havaianas para os meninos.

Uma ideia de decoração de festa de 15 anos é criar um painel de fotos da aniversariante com imagens de quando era criança, dos amigos, da escola, de férias divertidas e viagens inesquecíveis. É sucesso com certeza. Mas façam isso junto com o responsável pela decoração do ambiente, para não ficar parecendo um painel escolar.

Formaturas

É uma data muito especial, o fim de um ciclo, o começo de uma nova vida. É dia para festejar com a família, os colegas de turma e os amigos, e registrar todos os momentos com muitas fotos. Você precisa estar linda. As comemorações vão desde a colação de grau, uma missa, uma festa, até um grande baile tradicional em clubes, associações de classe etc. Como a variedade de celebrações é grande, não existe um único código de como se vestir – use o instinto e o bom-senso.

Não quer errar? Siga algumas regras básicas:

Primeira providência: Informe-se com os organizadores do evento sobre o local, o horário e o tipo de comemoração. É o ponto de partida para você pensar no seu figurino.

A colação de grau

Já que o uso da beca e do capelo é obrigatório, escolha roupas descomplicadas para usar por baixo. Prefira vestidos curtos, sem muitos detalhes – sobretudo golas, pois podem não combinar com o decote da beca –, bastante confortáveis e frescos, para não sentir calor debaixo da beca e dos holofotes de filmagem e fotos. Os sapatos também devem ser macios, com salto, para deixar a silhueta mais elegante, já que normalmente as becas são largas. O cabelo deve ser preso em um rabo de cavalo baixo ou deixado solto se estiver liso, para ficar bem arrumado debaixo do capelo. Capriche numa maquiagem discreta, sem exageros. Batons vermelhos e sombras coloridas são inapropriadas. Quanto mais simples, mais elegante. Lembre-se de que esse momento será registrado para o álbum de família e, um dia, você vai mostrar as fotos para seus filhos. Portanto, capriche do visual!

O baile

É hora de brilhar, afinal é o seu dia! Informe-se com os organizadores se há alguma exigência quanto ao traje – esporte fino, passeio completo etc. Escolha um tecido fino e uma cor que favoreça o seu tom de pele, exceto o preto, que já usou na colação de grau. Ouse algum brilho. É aconselhável recorrer a um maquiador profissional, por causa das fotos e dos vídeos. Pode abusar de sapatos de saltos altos, mas faça o teste do conforto: será uma noite de muita dança e rodopios.

✱ Você é convidada

Mesmo que a formatura seja do namorado/marido, você não precisa ir de longo se não quiser. Um vestido curto, em tecido fino como renda, seda, tafetá ou organza, cai muito bem. Pense em um modelo que você possa usar em outras ocasiões. Cuidado com modelos fashion, o hit da estação ou aquele usado pela celebridade na revista. Esse tipo de escolha é perigosa, pois a roupa fica carimbada na memória das pessoas e a tendência é que você a esqueça no guarda-roupa e nunca mais use (vai acabar na faxina do armário!). Essa dica vale também se você for mãe do formando. A menos que o convite exija traje a rigor, um curto elegante é perfeito. É importante complementar o look com acessórios vistosos como brincos, pulseiras e mesmo uma echarpe de seda, que é bem leve, cobrindo os ombros.

Pode alugar? Claro que sim! Hoje em dia existem casas especializadas, com modelos atuais, tanto longos quanto curtos. Se seu orçamento está curto, vale a pena.
A própria loja faz os ajustes, deixando o vestido ajustado ao seu corpo.

Veja sugestões de sites na página 143.

Como interpretar um convite e decifrar os trajes para cada ocasião

A maioria dos convites para festas e eventos vem com o *dress code* (código do traje), ou seja, a roupa adequada para você usar na ocasião. Por mais democrática que esteja a moda atualmente, existem regras a seguir. É fundamental entender o traje solicitado no convite para você estar vestida de acordo com a comemoração.

Traje esporte

Geralmente é o indicado para festas durante o dia: almoços de fim de semana, batizados, aniversários informais ou churrascos de amigos ou de empresas. Cuidado, esporte não quer dizer a camisa do seu time, nem usar moletom e tênis de corrida, mas sim roupas leves, descontraídas, em tecidos como algodão, malha, jeans e linho. Evite bermuda e short, principalmente se o convite for profissional. Prefira vestido ou blusa com saia ou calça, lisos ou estampados. Rejeite o preto. Bolsa grande, bijuterias ou joias simples, sapatos de salto médio ou anabela completam o figurino. Dependendo do lugar, valem as rasteirinhas e sapatilhas.

Traje passeio

Mais formal, esse traje geralmente é pedido para jantares e eventos culturais, como vernissages, exposições de arte, inaugurações. É também o figurino correto para ir ao teatro e a restaurantes mais sofisticados. Use vestidos mais finos, em seda ou crepe, e tenha atenção: curtos! Se você se sentir mais à vontade de calça, um terninho cai bem com acessórios, sapatos de salto, bolsa pequena e discreta, bijuterias ou joias. Não exagere nos brilhos. Os homens podem dispensar a gravata, mas não o paletó ou blazer.

Traje passeio completo ou tenue de ville

Normalmente é o traje para coquetéis, jantares formais, inaugurações importantes e casamentos. Os vestidos devem ser curtos (na altura dos joelhos ou logo abaixo), em tecidos como seda, crepe, chifon, renda, organza. Ternos de crepe e o famoso pretinho básico também são uma escolha acertada. É ocasião para usar joias ou bijuterias poderosas. Os sapatos apropriados são os de salto alto, e a bolsa, pequena. Se estiver frio, pode levar uma echarpe lisa de lã ou seda. Capriche na maquiagem e no penteado. É obrigatório aos homens o uso de terno escuro e gravata, mesmo durante o verão.

Traje a rigor ou black-tie

Black-tie vem do inglês "gravata preta" e significa que os homens devem usar smoking. Trata-se de um traje noturno, obrigatório para bailes, noites de gala e grandes festas. As mulheres devem usar vestidos sofisticadíssimos, longos ou curtos, em tecidos nobres como brocados, veludo, renda, tafetá, seda e shantung. Valem os brilhos, as transparências, os bordados e os saltos bem altos assim como bolsas de mão pequenas e preciosas. Use a melhor joia que você tiver ou então uma bijuteria fina que imite joia.

Curiosidade: RSVP – Do francês répondez s'il vous plaît, que significa "responda por favor". Não deixe de confirmar a sua presença em um evento ou festa pelo telefone ou e-mail indicados no convite. É uma prova de boa educação e delicadeza com a pessoa que a convidou.

No primeiro encontro, seduza sem vulgaridade

O que você precisa:

de um bom convite e um look esperto

O primeiro encontro sempre provoca um friozinho na barriga. Afinal, todo o seu charme vai ser fundamental para seu sucesso. Nada de decotes sensuais, roupa superjusta nem saltos altíssimos. Um visual exagerado pode passar a imagem errada e assustar o pretendente em vez de conquistá-lo.

Algumas regrinhas básicas para arrasar sem parecer vulgar

* Se quiser impressionar, não fuja do seu estilo

✓ Ele convidou você para sair? Pergunte qual é o programa. A escolha da roupa vai depender muito do lugar aonde vocês vão. É claro que o visual para ir a um barzinho ou a um show é diferente do usado para ir a um restaurante ou, quem sabe, a uma festa com amigos.

✓ Se o encontro for de dia, vista algo leve, informal e desça do salto. Um vestido ou uma saia estampada com uma camiseta colorida é uma boa ideia. Jeans com camisa social e sapatilha também é uma produção perfeita. Opte por brincos da moda e pouca maquiagem.

✓ Se forem ao cinema e depois a um barzinho, escolha jeans ou calça reta com blusa de viscose ou de malha sem medo de errar. Blazer ou jaqueta podem completar a produção se o tempo estiver frio.

✓ Se o convite for para jantar ou ir a uma festa na casa de amigos dele, a dica é mesmo o pretinho básico com bons acessórios e uma bolsa pequena. Cuidado com o salto. Se o pretendente for baixinho, talvez não goste de vê-la mais alta do que ele. Não exagere nos brilhos e em acessórios espalhafatosos. Mas lembre-se, a roupa tem que combinar com o seu estilo.

✓ Fique confortável. Não tente roupas que você nunca usou e que não sejam a sua cara. Use algo que você adora e tem certeza de que lhe cai bem.

✓ Lingerie bonita. Afinal, a gente nunca sabe onde o programa vai terminar. Um conjunto branco ou preto, com rendinha, é o ideal.

✓ Capriche na maquiagem. Seja perfeccionista dessa vez. Cuide da pele, faça as correções. Cuidado com o batom. A melhor opção é o gloss, que deixa a boca natural e brilhante. Pra que arriscar?

✓ Cabelos soltos, simples, sem penteados complicados, como nos anúncios de xampu.

✓ Perfume suave, de preferência do tipo colônia. Evite fragrâncias muito adocicadas. Você vai querer deixar no ar um aroma inesquecível ou uma lembrança enjoativa?

Não se esqueça, muitos homens não gostam:

- Batom escuro.
- Unhas pretas ou decoradas.
- Sapatos com salto plataforma.
- Acessórios de cores berrantes.
- Saia muito curta, roupa justa, decote exagerado.
- Perfume forte.

Vamos conhecer a sogra?

Ser apresentada à sogra pode ser pior do que fazer vestibular ou enfrentar uma entrevista de trabalho. O melhor conselho: seja você mesma, não crie um personagem para impressionar a sogra! Afinal, não foi por você que o filho dela se apaixonou?

Vista-se com certa discrição, sem exageros, mesmo que tenha um perfil mais sensual. Nem pensar em grandes decotes, roupa ajustada, brilhos ou minissaias. Prefira o estilo clássico, não tem erro: vestido, terninho ou até um jeans, desde que combinando com uma bela blusa de seda ou viscose. Não exagere nas bijuterias e na maquiagem, e tenha as unhas bem-feitas. E nada de carregar no perfume, principalmente se a fragrância for forte – vai que a sua sogra é alérgica.

Durante a conversa, seja discreta, não queira agradar demais. Nada de revelações íntimas. Fale da sua família, do seu trabalho, dos seus estudos, do seu dia a dia. Seja cordial e sorridente, mas é de bom tom manter um pouquinho de cerimônia. Com o tempo, certamente ficarão amigas.

Você sabe escolher o biquíni certo? E o jeans?

Escolha o biquíni ideal

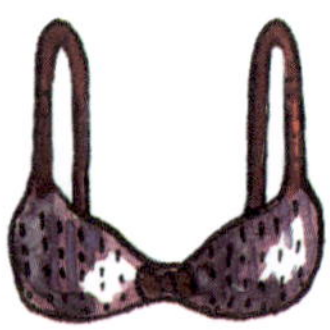

O Brasil é um país com extenso litoral – banhado pelo mar de norte a sul –, e em muitas regiões faz calor praticamente o ano todo. Um dos grandes lazeres do brasileiro é ir à praia, programa de fim de semana, feriadão ou férias, com a família ou os amigos. Portanto, a roupa de banho merece destaque especial no guarda-roupa feminino. Será que você sabe comprar o biquíni perfeito para o seu tipo de corpo?

Eis algumas dicas básicas para você escolher o modelo certo:

Seios pequenos

Os sutiãs com bojo ou enchimento são os melhores, pois dão um volume que faz toda a diferença. O modelo cortininha também fica perfeito para seios pequenos. O tomara que caia dá a sensação de um busto maior. Estampas, babadinhos, laços e drapeados também aumentam o volume na parte de cima.

✱ Seios grandes

Escolha os modelos com reforço na base e alças largas. Isso disfarça o volume e dá sustentação. Modelos frente única valorizam o colo com sensualidade e sem parecer vulgar.

✱ Cintura larga

Adote as calcinhas com laterais mais largas, que fazem o quadril parecer maior e equilibram melhor a silhueta.

✱ Baixinha

Para alongar as pernas, prefira as calcinhas com laterais finas. Acentue o recorte das pernas – mas sem parecer o modelo asa-delta, que está completamente fora de moda. Quanto mais estreita for a cava, mais longas suas pernas vão parecer.

✱ Muito altas, com pernas longas

Você pode abusar das calcinhas mais largas, com cortes e recortes modernos. Calcinhas que amarram nas laterais também ajudam a deixar as pernas mais proporcionais ao corpo.

✱ Quadril estreito

Esse é fácil. Escolha entre os vários modelos com laços laterais – que criam uma sensação de volume e ressaltam o quadril – em cores claras ou vivas. Abuse das estampas grandes e coloridas e das listras horizontais.

✱ Quadril largo

As calcinhas com laterais maiores caem melhor. Cores lisas e escuras ajudam a disfarçar os centímetros a mais.

✱ Acima do peso

Escolha os biquínis de calcinhas mais largas. Prefira cores clássicas, estampados miúdos e listras verticais. Fuja das estampas exageradas e muito coloridas. Nesse caso, o ideal mesmo são os maiôs inteiros, que deixam a silhueta mais alongada e escondem barriguinhas fora de forma.

Anote: Varie o formato do sutiã. A marquinha de sol nem sempre combina com um vestido decotado ou tomara que caia.

O jeans certo para o seu tipo de corpo

A calça jeans é nossa amiga inseparável do dia a dia – no trabalho, para sair a noite e em viagens. É a receita certa de um estilo informal e moderno. O jeans pode deixar você linda, mas também deselegante ou vulgar, por isso é importante saber escolher o modelo que lhe cai bem.

Ache a calça que valoriza seu corpo, esteja você acima ou abaixo do peso, dentre os vários cortes, modelagens e lavagens disponíveis no mercado.

* Baixinha

Prefira as pernas de corte reto, com a bainha um pouco acima do chão, na altura do tornozelo. Não dispense as sandálias de salto anabela ou os mocassins de salto grosso, para dar a impressão de alguns centímetros a mais. Evite os modelos com tachas e muitos detalhes; opte pelos lisos. Jamais use o jeans por dentro da bota, pois corta a silhueta e faz você parecer mais baixa do que é.

✱ Muito altas, com pernas longas

Aproveite que a moda está cheia de referência aos anos 1970. Invista nos modelos boca de sino, com cintura um pouco abaixo do umbigo. Eles dão um ar rock'n'roll bem moderno.

✱ Para mostrar as curvas

É preciso estar em superforma física para encarar uma calça skinny (boca afunilada). Ela modela o corpo e acentua as curvas, deixando o bumbum em evidência. Os modelos boot cut – um pouquinho mais largos na boca – também são uma boa opção.

Dica: Hoje a moda jeans exibe vários tipos de lavagens além do tom original, que é escuro. Evite os excessos de desbotamento, que deixam a calça muito manchada, às vezes quase branca. Jeans elegante é aquele na cor natural ou desbotado por igual.

✳ Quadril largo

Jeans com muitos detalhes, brilhos, bordados, bolsos com franzidos ou pregas aumentam o quadril. Escolha o corte clássico e tradicional, com bolsos tipo faca, na frente, ou nenhum. Quanto mais simples, melhor!

✳ Acima do peso

Prefira os modelos com a cintura no lugar, isto é, na altura do umbigo. O cós largo ajuda a marcar a cintura e segurar a barriga. Fuja dos modelos de cintura baixa, que fazem a barriguinha indesejada saltar. Os tons mais escuros emagrecem, e as pernas retas, quase cobrindo os sapatos, alongam e afinam a silhueta, principalmente se você estiver com sapatos de saltos. Você vai parecer mais alta e mais magra.

Acessórios: Aliados ou inimigos?

Saiba como usar!

Os acessórios são as peças-chave do nosso guarda-roupa. Eles complementam e inovam o figurino, disfarçam a simplicidade de uma roupa, imprimem alegria ao visual e, muito importante, definem um estilo pessoal.

Não importa se é alta ou baixa, magra ou está acima do peso, você pode, sim, usar acessórios. Faça o teste: saia com um vestido antigo e acessórios novos – ninguém vai notar que você já usou essa roupa várias vezes! Pode ser um lenço, um colar, uma bolsa ou até mesmo um par de óculos. Num piscar de olhos, você se torna uma nova pessoa.

Atenção: É fundamental saber escolher os acessórios, pois eles devem ter a sua cara. E não se esqueça: usados com moderação, eles são grandes aliados. Com exagero, podem provocar um tsunami.

Joias ou bijuterias?

As duas propostas são válidas. O importante não é o valor das peças, mas saber quando e como usá-las e, sobretudo, se elas combinam com você. Por questão de segurança, prefira bijuterias durante o dia e use as joias à noite, quando tiver um evento especial, como um aniversário ou um jantar a dois. Não se cubra de joias para tomar chope com os amigos ou colegas de trabalho.

Relógios são acessórios necessários e versáteis que podem ser usados a qualquer hora do dia. Os modelos esportivos – muito em voga atualmente – estão cada vez mais coloridos, o que proporciona uma pitada fashion ao seu look.

✱ Fique atenta a algumas dicas na hora de comprar e usar

Pulseiras: Use muitas e misture estilos e cores. Se você não for muito alta, no entanto, não abuse: arrisque no máximo duas ou três.

Anéis: Você gosta de modelos grandes, com pedras coloridas? Então aproveite, porque eles estão na moda. Não use vários anéis na mesma mão – isso é coisa de roqueiro dos anos 1970! Você pode escolher entre modelos vintage – valem também aquelas peças que foram da sua mãe ou avó – ou desenhos mais contemporâneos e modernos. O importante é que sempre combinem com seu estilo de se vestir.

Anote: Um colar curto – por exemplo, de pérolas, bolas ou placas – usado por dentro da gola dá um toque sofisticado a uma camisa clássica.

Colares longos, principalmente os étnicos – de inspiração indígena, africana, indiana, marroquina –, de bolas ou ainda de design contemporâneo também podem ser usados com camisas clássicas, para fora e por baixo da gola, ou camisetas, dando um toque personalizado em seu visual.

Colares: São bem-vindos no inverno e no verão. Os modelos mais compridos alongam a silhueta. Já as gargantilhas são apropriadas para mulheres de pescoço fino e longo.

Brincos: Não saia de casa sem. Eles ajudam a emoldurar o rosto feminino. As argolas são as estrelas, pois combinam com todos os formatos de rosto: elas podem ser pequenas ou grandes, douradas, prateadas, coloridas. Com uma ressalva: evite as muito grandes, que tocam nos ombros e desequilibram a silhueta. O charme das argolas é justamente a fluidez do balanço. E não esqueça: os modelos dourados e prateados combinam com qualquer tipo de roupa, já os estampados e coloridos têm mais a ver com a moda praia-verão, roupas leves e coloridas.

Conselho: Quando usar brincos grandes, o colar deve ser discreto, e vice-versa. Várias pulseiras dispensam anéis grandes.

Brincos

Qual o seu tipo de brinco preferido? Não se intimide. A variedade de modelos é grande. É só adequar o modelo ao seu formato de rosto. Saiba um pouco mais:

Rosto redondo: prefira os pingentes; eles alongam a fisionomia. Modelos antigos podem ser encontrados em feirinhas de antiguidades ou em brechós e nunca saem de moda.

Rosto miúdo: abuse de modelos mais exagerados. Neste caso, evite usar colares igualmente grandes, num excesso de volumes. A bijuteria pode se sobrepor à sua roupa.

Rosto grande: pede modelos longos; pingentes ou não. Uma boa opção são as argolas ovais. Faça o teste.

Rosto longo: não alongue mais ainda com modelos muito compridos e fluidos. Dê preferência a modelos mais curtos, com volume.

Anote: Nunca use echarpe ou lenço no pescoço com brincos grandes. Você vai parecer um embrulho para presente.

Lenços e echarpes: São acessórios charmosos e podem ser usados de várias maneiras. Fiéis companheiros, nunca saem de moda. É fundamental saber usá-los, conhecer os segredos das suas dobras e formas de como amarrar para conseguir um visual diferenciado, chique e moderno. A oferta é grande e você tem opções em algodão, seda ou lã, lisos ou estampados. Dê preferência aos tecidos naturais com toque macio. Evite os materiais sintéticos, que são difíceis de amarrar, calorentos e desconfortáveis.

As echarpes são compridas, e, quando enroladas no pescoço, suas pontas não devem ultrapassar a altura da cintura. Os lenços do tipo bandana – pequenos, quadrados e amarrados por um nó – dão uma graça especial a uma blusa, blazer ou camiseta. E você pode simplesmente amarrar um lenço estampado na alça da sua bolsa: é totalmente glamour!

À noite, escolha uma pashmina, que é um modelo mais comprido e largo. Se estiver frio, enrole-se nela para substituir um agasalho, ou jogue nos ombros.

Óculos: Para os de grau, escolha armações confortáveis. Nem exageradamente clássicos, que envelhecem, nem modernos demais, que podem se tornar ridículos. Um conselho: prove com calma, experimente vários modelos, como se estivesse comprando uma roupa. Se você puder ter mais de um, que tal uma armação colorida? Elas estão na moda e quebram o visual sério.

Já os óculos de sol são uma grande arma de sedução! O mistério por trás das lentes escuras, disfarçar um olhar indiscreto... Eles também cumprem muito bem o papel de esconder uma noite maldormida! As propostas de modelo são muitas, desde para peruas – grandes, poderosos, com detalhes em metal, strass etc. – aos mais esportivos, quadrados ou redondos, sem esquecer os modelos clássicos da Ray-Ban. Mais uma vez, eles devem estar em harmonia com seu rosto e seu estilo. As formas exageradas tendem a passar rapidamente de moda, portanto pense bem antes de fazer sua escolha, para depois não se arrepender e pensar "Onde eu estava com a cabeça quando comprei esses óculos?" Mais: óculos escuros são para proteger sua vista da luz do sol e devem ser usados unicamente em espaços ao ar livre, a não ser que você esteja com algum problema nos olhos.

Dica: Peles claras combinam bem com armações escuras. Morenas e negras ficam ótimas com tons mais claros.

Bolsas, sacolas: A bolsa é uma peça essencial para a mulher. Ela vai para o trabalho, para o passeio, para uma saída à noite. As revistas mostram os últimos lançamentos, o comércio propõe uma infinidade de modelos e você fica confusa, sem saber o que escolher. Mais uma vez, é uma questão de bom-senso: elas devem combinar com você e com seu estilo de se vestir. Bolsas grandes são indicadas para o dia e programas descontraídos. Para sair à noite, para um jantar ou uma festa, escolha um modelo pequeno, de alça ou carteira. Bolsas tipo sacolas grandes, em algodão, couro ou material sintético, já se tornaram básicas assim como as de palha. Práticas, elas têm a vantagem de oferecer espaço para você levar até mesmo uma muda de roupa, caso viaje ou vá dormir na casa da amiga ou do namorado. Aposte nos modelos atemporais, que não saem de moda e que trazem conforto no dia a dia.

Bolsa grande, tipo sacola: disponível em materiais diversos como couro, sintéticos, reciclados ou mesmo tecidos, é uma ótima opção para levar além da carteira, material de trabalho, celular, carregador, nécessaire com maquiagem para retocar durante o dia, perfume, um casaquinho – se o ambiente de trabalho for gelado pelo ar condicionado – e até mesmo uma bolsinha pequena caso estique para algum lugar depois do trabalho. É a bolsa que toda mulher tem que ter!

Bolsa a tiracolo: usada atravessada, é a mais indicada para usar quando se tem compromissos na rua, pois é a mais segura. Existem opções de modelos esportivos para usar durante o dia e versões pequenas, leves e delicadas para usar a noite, que lhe conferem o direito de circular em uma festa e dançar sem correr o risco de esquecê-la no sofá da sala ou na mesa de um bar.

Bolsa de palha: é a grande amiga do verão, mas você pode usá-la também no inverno. Como a sacola, é uma bolsa prática e grande.

Bolsa de grife falsificada: fuja delas. Copiar logomarcas é crime e extremamente deselegante. Prefira uma bela bolsa de palha. É muito mais chique!

Bolsa de alça curta: a grande maioria das grifes internacionais de sucesso possui pelo menos um modelo dessa bolsa. O estilo é mais clássico, podem ser usadas em qualquer ocasião, dependendo apenas do tamanho. Siga sempre a velha regra: de dia as maiores, com recortes coloridos; à noite as mais sóbrias e lisas.

Sapatos: Eterno objeto de desejo das mulheres, os sapatos tem lugar especial no guarda-roupa feminino. Eles podem traduzir sensualidade, poder, informalidade, descontração. Muitas vezes, porém, o prazer da compra – sempre cabe mais um no orçamento – leva a mulher a adquirir sapatos que, muitas vezes, acaba não usando.

Para cada ocasião ou tipo físico, um sapato.

Dica: é melhor ter poucos pares de sapatos de boa qualidade do que muitos sem qualidade! Não exagere na altura dos saltos. Eles podem desequilibrar a sua silhueta e você mesma.

Bailarinas ou sapatilhas: ultraconfortáveis, podem ser usadas de dia ou à noite, com uma grande variedade de modelos esportivos ou mais sofisticados.

Mocassins: a peça coringa que você deve ter no seu armário. Um grande clássico da moda que tem no seu toque esportivo e requintado, um grande aliado. Combinam com ternos, calças, jeans. Evite usá-los com vestidos pois desequilibram o visual. Podem ser tradicionais e sisudos, mas atualmente é possível encontra-los em diversas cores e até mesmo estampados.

Escarpins: obrigatório ter pelo menos um par. Com saltos médios, atravessa o dia com elegância; com saltos mais finos e altos, traz sensualidade à noite. O preto é sua cor fetiche, mas vale também ter pares de outras cores. A biqueira depende do vaivém da moda – ela alterna entre a mais pontiaguda (o modelo clássico) e a mais arredondada (versão moderna).

Sandálias: no Brasil, por causa do clima tropical, é o modelo mais popular. Rasteirinhas para o alto verão e férias na praia e altas, para seduzir, complementando um visual mais ousado. Os saltos traduzem a linguagem da moda de cada estação.

Sapatos de amarrar: conhecidos também como modelos Oxford, copiam o estilo de sapato masculino. São confortáveis e esportivos, mas deixam a silhueta mais pesada.

Tamanhos grandes:
Como escolher modelos GG

Você está acima do peso?

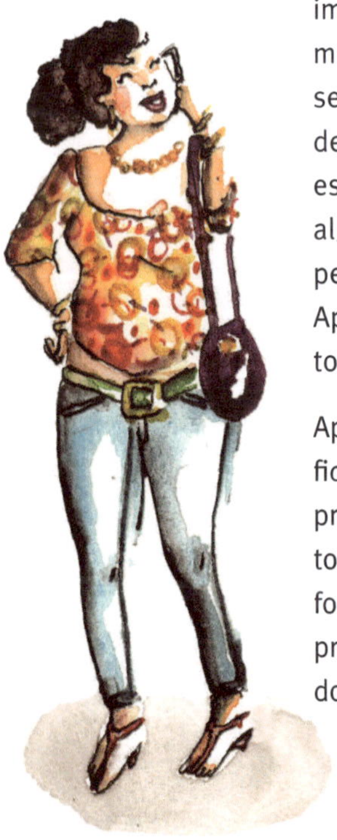

Uma boa notícia para as mulheres mais cheinhas, com curvas generosas, que têm dificuldade em comprar roupas que sigam as tendências: segundo a Abravest (Associação Brasileira do Vestuário), a indústria da moda está revendo seus conceitos e tamanhos, e já existem no mercado marcas especializadas – algumas inclusive descoladas – para esse público, uma fatia importante da população feminina brasileira. Isso é muito bom! Hoje a mulher plus size tem acesso a peças sensuais pois, sem precisar mais se esconder debaixo de roupas largas, escuras e sem corte. Dê adeus a esse tipo de guarda-roupa. É tempo também de abolir algumas regras, como por exemplo "quem está fora do peso não pode usar cor clara; branco, nem pensar". Aprenda que a cor ideal depende muito mais do seu tom de pele do que da quantidade de quilos.

Aprenda que a cor ideal (negras, mulatas e morenas ficam bem de amarelo, verde-limão, vermelho, laranja, preto e branco e estampas que misturam essas tonalidades. Peles claras ficam bem de turquesa, azuis fortes e escuros, rosa-shocking, além dos clássicos preto, marrom, café, cinza e vinho) depende muito mais do seu tom de pele do que da quantidade de quilos.

Dicas para comprar a roupa certa para o seu tamanho:

Procure identificar quais lojas trabalham com tamanhos grandes. Além das grandes lojas de departamento, há butiques especializadas e, mais recentemente, sites que atendem esse nicho do mercado com propostas mais sofisticadas, que seguem as atuais tendências de moda.

✓ Avalie se sua lingerie está adequada ao seu tamanho de busto e quadril. Algumas marcas já lançam coleções com peças lindas em tamanho GG. A lingerie correta ajuda no bom caimento da roupa.

✓ Não use nada muito justo nem muito largo. Abuse dos vestidos soltos, das túnicas e dos camisões sobre calças retas.

✓ Ouse com decotes em V ou U. Vestidos e blusas cache-coeur (trespassadas) são sempre uma boa escolha, pois dão firmeza ao busto.

✓ Os vestidos devem ter comprimento na altura dos joelhos.

✓ Detalhes enviesados sempre afinam a silhueta.

✓ Os blazers devem cobrir mais da metade do quadril.

✓ Evite modelos de lycra, pois aderem ao corpo e revelam as dobrinhas. Calças de pregas, skinny (bocas afuniladas) e o modelo capri devem ser esquecidas no armário. Leggings, nem pensar!

jeans

túnica

escarpim

colar

✓ Jeans, use apenas os modelos clássicos e retos, sem detalhes. Se não encontrar um número grande, roube a do marido ou do namorado – afinal o modelo é unissex! Veja mais na página 85.

✓ Esqueça as mangas bufantes e as saias rodadas.

✓ Estampas, sim, mas que sejam discretas e miúdas, nada exagerado; listras horizontais, jamais.

✓ Na praia, o maiô inteiro é sempre o mais indicado, mas por que não usar um biquíni? Basta escolher o modelo certo. O sutiã deve ter suporte na base e decote frente única, a calça precisa ser larga nas laterais. Veja mais nas páginas 82 e 85 (jeans e biquíni).

✱ Os acessórios jogam a seu favor

Você sabia que sapatos engordam ou emagrecem? Estranho, mas é verdade. Sapatos com pulseira no tornozelo, por exemplo, engrossam a perna e cortam a silhueta. Sapatos oxford (modelos de amarrar) podem ser confortáveis, mas deixam a aparência mais pesada. O ideal são saltos altos – porém não muito finos – que harmonizam e afinam as pernas.

Esbalde-se nas bijuterias. Seu tamanho permite brincos grandes, que afinam o rosto. Colares longos alongam o visual. Pulseiras com volume, coloridas ou metálicas, chamam a atenção e disfarçam os braços gorduchos.

Conselho de amiga: Para ocasiões especiais, faça sua roupa sob medida. Procure uma boa costureira, ou, de repente, peça a alguém na família que costure muito bem. Escolha um bom tecido e um modelo que combine com a sua silhueta. Com certeza vai ficar mais elegante.

Lingerie certa, um grande segredo

A indústria de lingerie evoluiu muito nos últimos anos, e hoje, além das coleções tradicionais, propõe também lançamentos especiais para tamanhos grandes. Com o uso de novos materiais e tecnologia de ponta, as grifes passaram a oferecer peças que se adaptam aos vários formatos de corpo, valorizando as qualidades e disfarçando os pontos fracos. Tudo pode melhorar: seios, bumbum, barriga. A lingerie certa faz milagres, e a mulher acima do peso ganha em sensualidade.

✱ Como escolher sua lingerie

Sutiã

As alças devem ser mais largas e reforçadas. Tecidos com bom elastano dão maior sustentação e são mais confortáveis. Não compre um número menor ou maior, mas seu número certo. Evite os bojos, pois você não precisa aumentar nada.

Calcinhas

Mulheres com bumbum grande devem usar calcinhas maiores no dia a dia, para não marcar na roupa. Calcinhas com reforço abdominal reduzem alguns centímetros.

Redução radical

Um truque excelente para reduzir bem as medidas é apelar para os corpinhos de lycra reforçada, ou bodies, como são mais conhecidos. São peças modeladoras tipo maiôs, bermudas ou leggings em tecidos tecnológicos de superelasticidade. Nas lojas de lingerie, procure pelas marcas Hope, Trifil, Scala, Dr. Rey e Polishop. Elas afinam tão bem a silhueta que até muitas magrinhas – inclusive celebridades – usam esse tipo de lingerie sob vestidos colantes e sensuais.

Última dica: Evite comprar conjuntos de sutiã e calcinha. Às vezes o sutiã é bom para o seu corpo e a calcinha não, ou vice-versa. Compre as peças separadamente e faça seu próprio conjunto.

Conforto é tudo nesse quesito, então experimente antes de comprar!

Truque: Use o body como lingerie debaixo de qualquer roupa!

Inspire-se, mas
não copie as celebridades

Celebridades da vida real

Você pode achar as estrelas e celebridades lindas nas revistas e na televisão, mas não queira virar um "clone" da sua artista favorita. O mínimo que pode acontecer é você errar no figurino, ficar ridícula e se transformar numa *fashion victim*. Sabe o que é isso? Uma vítima da moda.

Quem honestamente nunca teve um desejo louco de comprar um vestido de paetês dourados, ou um modelo justo e decotado com um laço espalhafatoso que aquela atriz linda usou em um evento ou em uma novela? Resista à tentação. Só porque ficou lindo nela não quer dizer que vai ficar bom em você. Mesmo que a vendedora da loja diga que o tal modelo é o sucesso do momento, que está super na moda, bláblábláá, resista. Não caia nesse papo. Brilhar é bom, mas mantenha seu próprio estilo e personalidade. Você não é a Beyoncé...

Sim, você pode pegar emprestadas algumas ideias de suas artistas favoritas.

Inspire-se

Corte de cabelo: Toda mulher adora um corte de cabelo diferente. Mas e o pavor de não dar certo? A galeria de fotos das atrizes nas revistas de celebridades é sempre uma boa fonte de pesquisa de novidades que estão na moda. Procure um tipo de cabelo parecido com o seu (cheio, longo, liso, ondulado) e consulte se seu cabeleireiro concorda com o corte. Só lance mão da tesoura quando se sentir segura da escolha.

Maquiagem: As atrizes são ótimas referências para belas maquiagens. Elas têm que ficar lindas nas fotos e contam com excelentes profissionais para fazer isso por elas. Geralmente lançam mão de truques para disfarçar defeitos e realçar as qualidades. Aprenda como aplicar corretivo para esconder as olheiras ou afinar o nariz com sombra mais escura nas laterais. E também fique por dentro da última moda nos tons de esmaltes e batons.

Não copie

Os figurinos de festa das celebridades, tanto as brasileiras quanto as internacionais, são maravilhosos e deixam a gente morrendo de vontade de ter tudo igual. Não caia nessa armadilha! As fotos são lindas, na maioria das vezes tiradas nos tapetes vermelhos das grandes festas de gala, noites de estreia, shows, entrega de prêmios. Elas vestem modelos especiais, geralmente "emprestados" pelas grandes grifes, que aproveitam para assim fazer seu marketing.

As cantoras de axé e de rock também arrastam uma legião de fãs atraídos por seus figurinos exuberantes. Cuidado, pois a moda que elas usam foi criada para o palco, para a personagem que elas representam. E é aí que mora o perigo! Essa não é você. E essas roupas não cabem na nossa vida real.

Viagens pelo Brasil e para o exterior

Viagens de férias ou a trabalho

A viagem pode ser de férias, lua de mel ou a trabalho. Não deixe que ela se transforme em um tormento por conta da bagagem. Fazer mala não é um bicho de sete cabeças.

Antes de mais nada, organize-se. Qual o tipo de viagem que você vai fazer: trabalho ou lazer? Para onde você vai: praia ou montanha? Em que lugar: alguma cidade no Brasil ou para o exterior? No verão ou no inverno? Para cada opção, você vai montar uma mala diferente, mas, acredite, os códigos são os mesmos.

Conselho de amiga: Jamais deixe para arrumar a mala na última hora. Se você tentar jogar todo o seu guarda-roupa em uma mala, é claro que não vai dar certo. E levar as peças erradas pode transformar seu prazer em um pesadelo.

Como fazer? Eis algumas dicas úteis:

Já decidiu para onde vai? A primeira providência é se informar sobre o tempo do lugar durante o período de sua viagem. Como? É simples. Entre em um dos sites na internet que informam a previsão do tempo. Eles geralmente fornecem os dados de até dez dias, tanto de cidades brasileiras quanto do exterior.

✱ O que levar?

Essa é sempre a grande dúvida e a causa de muito arrependimento quando se chega ao destino programado. A melhor solução para não entupir sua mala com peças desnecessárias é seguir este passo a passo:

✓ Monte com antecedência os looks para a sua viagem. Você vai encontrar um tempinho depois do trabalho ou no fim de semana para fazer isso. Arrumar a mala em cima da hora é ter a certeza de que vai cometer muitos erros – o primeiro deles é jogar um monte de roupas na bagagem sem qualquer lógica. Quantos dias pretende ficar fora? Imagine um look para cada dia, recombinando as peças. Pense o que fica bom com o quê, inclusive acessórios. Fotografe cada look com o celular e consulte durante a viagem. Você vai ver, isso economiza seu tempo na hora de se arrumar. Por exemplo: você pode variar o trio calça+blazer+camisa com uma camiseta, um lenço bonito ou uma echarpe. Para diversificar o figurino, leve dois casaquinhos e duas calças, que vão se transformar em quatro looks. Pode apostar, dessa forma a bagagem fica leve, inteligente e fácil de administrar. Evite o excesso de peso, pois nem sempre haverá alguém para ajudá-la a carregar suas malas.

✓ Você vai para a praia? Deixe os sapatos de salto alto em casa, prefira rasteirinhas e chinelos de borracha.

✓ Seu destino é o sul do Brasil no inverno ou um país frio? Esqueça os biquínis e as cangas.

✓ Para qualquer tipo de viagem, prefira sempre as peças básicas, com cores neutras, que combinem entre si. Esqueça os modelos de linho e fique com tecidos que não amassam, stretch e de malha, que são práticos em qualquer ocasião. É só pendurá-los no banheiro, aproveitando o vapor da ducha para que desamarrotem. Mandar passar roupa nos hotéis é um serviço caro no Brasil e mais ainda fora do país.

✓ Evite sobrecarregar sua mala com roupas extras, do tipo "de repente eu uso". Repetir roupa é permitido, principalmente em viagem. Cuide bem do seu guarda-roupa de viagem para conseguir usar suas peças mais de uma vez.

Uma mala para cada tipo de viagem

✱ Viajar em férias com as amigas: A mala mais alegre e descontraída.

Mar ou montanha, não importa, o jeans é fundamental. Um cardigã de malha e uma jaqueta jeans ou de couro também, para o caso de fazer frio.

✓ Se o destino for a montanha, fique atenta,pois inclusive no verão, pode fazer muito frio nas regiões serranas do Sul e do Sudeste e até mesmo em outras regiões mais quentes.

✓ Na mala não podem faltar casacos impermeáveis forrados, suéteres, xales e echarpes. Bota pode, mas sem salto, você está no campo. Um bom par de tênis confortável é bom para enfrentar as caminhadas e trilhas.

✓ Elas preferem a praia? É a mala mais fácil e leve de se fazer, e o biquíni tem o maior destaque. Dois conjuntos de banho é o ideal, pois certamente você vai comprar mais um na praia ou no comércio local. Você pode recombinar as peças, transformando dois ou três conjuntos em vários looks. Para o pós-praia, saias, shorts e bermudas, calça clara, camisetas e blusas leves e coloridas. Para sair a noite – que, é claro, vai pintar –, uma camiseta com brilho e uma calça preta com sandálias, altas ou baixas, seguindo as tendências de moda. Leve cangas, chinelos de borracha e rasteirinhas, afinal, você vai passar boa parte do dia na praia ou na piscina do hotel.

Não se esqueça de levar camisões, túnicas e saídas de praia para ir almoçar sem ter que trocar de roupa.

✱ Viajar a trabalho para congressos, convenções, seminários:

O foco é um só, e por isso é a mala mais fácil. Seja prática. Escolha dois conjuntos, mais um terno básico, e varie as camisetas e camisas. Algumas empresas permitem o uso de jeans (os clássicos, nada de modelos manchados ou desfiados) para acompanhar as camisetas institucionais que devem ser usadas durante os encontros. Leve sapatos baixos e confortáveis para o dia e salto médio para as programações noturnas. A bolsa pode ser grande par a caberem papéis e o laptop, mas tenha uma pequena para um jantar à noite, caso esteja previsto no programa. Se o encontro ou a reunião da empresa ou escritório for numa capital, e não em hotéis/resorts à beira mar ou montanha, é bom incluir também na bagagem uma blusa social delicada ou um pretinho básico. Use a mala cachorrinho, pois é fácil de manejar e pode ir como bagagem de mão no avião – você ganha tempo por não precisar despachá-la.

Se for dividir o quarto com uma colega, não se esqueça de levar um robe.

Truque: Na hora de arrumar a bagagem, faça rolinhos com as camisetas e as calças de tecido leve. Assim as roupas amassam pouco e ocupam menos espaço na mala.

* Viajar em lua de mel:

Uma mala deliciosa de fazer, que exige cuidado e atenção.

Não importa o destino, você deve compor sua mala com itens básicos, para várias situações inesperadas:

- Vestidos claros, sendo um deles tubinho e sofisticado, pois certamente haverá um jantar especial.
- Calças – uma delas branca – saias, bermudas e shorts.
- Blusas e camisetas coloridas – caso vá para a praia – valorizam o bronzeado.
- Um par de chinelos de borracha e uma rasteira para praia e piscina, sapatilhas ou sandálias sofisticadas para sair à noite e um par de tênis para as caminhadas.
- Biquínis.
- Acessórios para variar o figurino, como um chapéu molengo de palha, chapéu-panamá ou um de tecido que possa ser dobrado na mala, óculos de sol, lenços, bijuterias (colares, pulseiras e brincos).
- Invista na lingerie colorida e sensual – esse é o momento!
- Jeans e jaqueta de couro ou similar, para passeios informais.
- Blazer, o grande quebra-galho, que você pode combinar com um vestido romântico em uma noite de verão ou com uma calça reta ou de pregas no inverno.
- Dois suéteres e dois casaquinhos coloridos. Eles podem mudar o visual de um jeans ou de uma calça básica.
- Bota baixa e um par de tênis para as caminhadas de dia. Um sapato de salto para a noite – pode surgir um programa mais exclusivo.
- Não se esqueça: echarpes e pashminas coloridas para se proteger do frio e jogar um charme...

Viajar com o marido e as crianças:

É uma mala para várias pessoas, portanto deve ser básica e prática. Você não vai precisar de nada muito sofisticado, pois programas com crianças em geral acontecem durante o dia.

✓ O importante é levar bons básicos para toda a família: jeans, bermudas, tênis, camisetas.

✓ Se for para um hotel, acrescente dois ou três vestidos em tecidos leves ou de malha para a hora do jantar.

✱ Viajar para o exterior:

A mala deve ser pensada e elaborada com antecedência. Você não quer fazer feio lá fora, não é mesmo? Vamos então a algumas dicas fundamentais:

Procure informações sobre o país ou países que pretende conhecer. Dê uma navegada na internet para se familiarizar com os lugares que vai visitar. Conheça um pouco da história, dos habitantes e dos hábitos locais para evitar constrangimentos e decepções. Adote os horários (nada pior do que passar fome porque não sabia que todos os restaurantes da cidade fechavam às 14 horas) e costumes (por exemplo, é proibido entrar em uma mesquita sem cobrir a cabeça ou na Basílica São Pedro, no Vaticano, de bermuda).

É inverno ou verão no país que você vai conhecer? É bom lembrar que no Hemisfério Norte e no sul do Hemisfério Sul as estações são definidas, ao contrário do Brasil. No inverno faz frio, no verão, dependendo do país, pode fazer muito calor. Portanto são malas diferentes para cada estação.

Despachou a bagagem? Ok! Mas leve sempre na mala de mão: uma nécessaire (com hidratante, desodorante, escova e pasta de dente e maquiagem básica), uma camiseta limpa, uma muda de roupa de baixo, carregador de celular e o seu laptop, caso o leve na viagem. Com os atrasos dos voos, precisamos estar sempre preparadas para passar a noite no saguão do aeroporto ou, na melhor das hipóteses, em um hotel oferecido pela companhia aérea.

No mais, boa viagem!

As peças básicas de uma mala de inverno:

- Um bom agasalho como um mantô, uma capa de chuva com forro de lã ou flanela ou casacos impermeáveis com forro. Se não tiver, peça emprestado à prima ou à amiga que já viajaram no inverno. Poupe antes de viajar – melhor gastar euros, dólares ou pesetas na viagem.
- Um terninho, um blazer de lã, um tailleur, um vestido e uma saia de lã até os joelhos.
- Suéteres, camisetas de mangas compridas, xales e echarpes de lã, pashminas para proteger o pescoço do vento gelado.
- Jeans e tênis para bater perna nos fins de semana nas capitais ou para fazer turismo no interior do país, viajar de trem etc.
- Botas de cano alto para acompanhar saias e vestidos (mas nada de usar por cima da calça) ou de cano curto para serem usadas com calças e sapatos fechados (de amarrar ou mocassins).
- Uma bolsa grande para acomodar, além de carteira e documentos, um guia da cidade ou do país, folhetos turísticos, lembranças que você vai comprar e uma nécessaire (para retocar a maquiagem durante o dia); uma bolsa a tiracolo pequena para usar atravessada quando sair à noite.
- Bijuteria discreta, pois ela acaba sendo ofuscada pelos lenços e echarpes. Use uma correntinha de ouro ou colares em tons sóbrios, invernais. Como brinco, a argola é atemporal e combina com qualquer look. Já os brincos longos podem brigar com o lenço amarrado no pescoço.

As peças básicas de uma mala de verão:

- A receita é descontração e informalidade, mas reserve algumas peças sofisticadas para momentos especiais.
- Abuse de jeans, calças leves, vestidos soltos, camisões, túnicas, blusas e camisetas – eles vão compor o seu uniforme de viagem. Cabe a você misturar as peças, variar as combinações. A bermuda é reservada para passeios descontraídos quando fizer muito calor. Mas nada de short curto nas cidades!
- Leve um blazer, lenços ou uma pashmina, pois pode esfriar um pouco à noite ou ocorrer uma mudança súbita do tempo.
- Se for para o litoral, não se acanhe: pode usar seus chinelos de borracha e rasteirinhas. Não esqueça de levar um biquíni, pode dar vontade de dar um mergulho no mar e você certamente não vai gostar dos modelos estrangeiros, considerados muito grandes pelas brasileiras.
- O tênis é um bom companheiro para as caminhadas turísticas durante a estação mais quente.
- Para uma saída especial – um jantar ou uma boate –, coloque na mala um tubinho ou um pretinho básico ou, ainda, uma pantalona fluida com uma camisa de seda ou de um tecido parecido. E, é claro, uma bela sandália de salto.
- As bijuterias fazem parte do verão, então se lembre delas quando fizer a mala. Vale tudo: colares, brincos e pulseiras. Leve acessórios, um chapéu para se proteger do sol, uma bolsa grande de palha ou tecido e uma menor, para sair à noite.

Cuide-se! O primeiro mandamento para ficar bonita

Beleza é fundamental

Beleza é fundamental, já dizia o poeta Vinicius de Moraes. No Brasil, mais do que em qualquer outro país, por conta do clima e do estilo de vida descontraído do povo, a mulher está sempre exposta: na praia, sua principal passarela, na caminhada, no ponto de ônibus, no trabalho, na festa. E aí mora o perigo... Ela precisa estar sempre bela, a qualquer hora do dia! Estar bela não significa estar na moda nem seguir tendências, é algo muito mais exigente, um conjunto que envolve silhueta, rosto, cabelo, corpo e mãos, equação que exige cuidados diários e uma rotina. Sem isso você não chega lá. A beleza bem-cuidada, acredite, pode ser eterna!

Beleza é atitude, e cuidar dela é a principal regra.

Que tal criar uma rotina, vamos lá?

✱ O belo cabelo

Pouco importa se é escuro, louro, ruivo, liso, ondulado ou crespo – a brasileira prefere ter o cabelo longo, afinal, ele é uma poderosa arma de sedução.

✓ Compre produtos (xampu, condicionador, creme para pentear) indicados para o seu tipo de cabelo (seco, oleoso, quebradiço etc.), e não qualquer um apenas porque gostou da embalagem! Hoje existe uma infinidade de marcas confiáveis em supermercados e farmácias.

✓ Siga o mesmo conselho para a coloração: tente manter a tonalidade próxima à sua cor original e esqueça o sonho de ser loura se a sua raiz for negra. Tenha sempre em mente que a cor do cabelo deve combinar com a da pele. Se não houver esse tipo de harmonia, você corre o risco de não ficar bom. Também há um leque extenso de marcas de tintura no comércio, tanto para quem pinta os cabelos em casa quanto para aquelas que pintam no salão ou que preferem uma tinturista de confiança.

✓ Que tal uma mudança radical? Cortar as madeixas e ficar com um look mais moderninho? Não tenha medo, o cabelo cresce novamente. Vá por etapas: primeiro um corte Chanel, mais comportado, depois uma desfiada nas pontas, mais contemporâneo e, finalmente, ouse com os curtos e curtíssimos, que simplificam o dia a dia e deixam o secador esquecido no armário.

✱ Os cuidados com sua pele dia e noite Ela é o seu cartão de visita, não relaxe!!

✓ É proibido dormir maquiada! O gesto mais importante para a beleza do rosto é tirar toda a maquiagem antes de dormir e limpar bem a pele com um demaquilante, ou uma loção de limpeza. Nada de usar sabonete, pois resseca a pele.

✓ Hidratar é a palavra mágica para manter a pele do rosto e do corpo viçosa, saudável. A hidratação é a melhor amiga da pele. Tenha sempre um bom hidratante por perto: um produto para o corpo, para passar após o banho, e outro para o rosto, aplicado sobre os cremes de tratamento (antirrugas, clareadores etc.). Leve na sua bolsa para reaplicar durante o dia. Quanto mais hidratada, mais bonita ficará a sua pele.

✓ Protetor solar: não saia de casa sem ele. O sol é o grande vilão, o inimigo número 1 da nossa pele, responsável pelo câncer de pele, cujo índice de casos aumenta a cada ano no país. Antes de sair de casa, aplique nas partes que estarão expostas ao sol e à claridade. No rosto, numa terceira camada, sobre o hidratante e o creme corretivo. Não é à toa que as empresas de cosméticos investiram em produtos de tratamento e maquiagem com fator de proteção UVA e UVB. Mais uma medida preventiva para você.

Importante: A pele negra não está imune aos raios solares UVA e UVB – tem que ser protegida. A regra é a mesma para todos os tons de pele.

Maquiagem: as verdades e as mentiras

É incontestável, a maquiagem sempre acrescenta graça ao seu visual. Usá-la diariamente (inclusive nos fins de semana), em pouca quantidade, de modo natural e básico, é aconselhado como proteção da pele.

* O segredo de uma maquiagem natural é simples:

✓ Base líquida (deixe o rosto liso para ser retocado durante o dia).

✓ Sombra opaca em tons terrosos ou no do blush.

✓ Blush ou pó bronzeador aplicado com pincel grosso dá um efeito natural.

✓ Máscara com escova grossa para deixar os cílios separados.

✓ Batom que dê luminosidade ao seu rosto; o gloss é uma excelente opção.

Não seja uma make-up victim (vítima da maquiagem): você é uma pessoa comum, não uma modelo.

✱ O que você deve evitar a qualquer preço:

✓ Exagerar nas camadas de base, senão você vai parecer dez anos mais velha.

✓ Deixar a marca da base aparecer na raiz dos cabelos, para não parecer que está usando máscara.

✓ Blush escuro desenhando as maçãs do rosto: era moda nos anos 1980.

✓ Maquiagem brilhante, nacarada, com paetês, é coisa de desfile e passarela.

✓ Limpar muito as sobrancelhas, obrigando-se a redesenhá-las com lápis. Quando tirar a maquiagem, não vai dar para disfarçar.

✓ Esfumaçar demais o olho e ficar com aparência de urso panda.

✓ Sombra azul, que é o que há de menos natural em uma maquiagem.

✓ Contorno dos lábios com lápis mais escuro que o batom, pois nunca dá muito certo.

Escolha o perfume com muita atenção

Não se deve achar que o perfume é uma peça de moda, mesmo que algumas fragrâncias assinadas por estilistas famosos se tornem best-sellers.

✓ O perfume tem que estar em harmonia com a sua personalidade, pois é uma das marcas registradas da mulher. Não se deixe tentar por lançamentos se aquele que você usa há tantos anos é a sua cara.

✓ Nada de se perfumar demais, ou você pode deixar todos à sua volta enjoados.

✓ Anote os pontos que devem ser perfumados: pescoço, atrás das orelhas e pulsos. E só.

Importante: Experimente o perfume na sua pele, e não nas tiras de papel que as vendedoras habitualmente oferecem para testar o produto. Cada pele reage de forma diferente a uma fragrância. Coloque uma gota no pulso, com a mão aberta, e espere alguns minutos para decidir se combina com você.

Como comprar nos grandes magazines e na internet

Estar na moda sem gastar muito

Hoje a moda está bastante democrática, e você pode encontrar coleções inspiradas nos últimos lançamentos de Paris, Londres, Milão, Nova York, São Paulo e Rio de Janeiro nas grandes lojas de departamento do país. Comprar nesses templos do consumo é uma maneira moderna e inteligente de fazer compras, já que neles você encontra todos os segmentos do vestuário. Além disso, os preços são acessíveis – e os nossos orçamentos agradecem! Lojas como C&A, Renner, Riachuelo, Leader Magazine, Marisa, e Citycol, presentes nas principais cidades e ruas de comércio popular do país –, apresentam um leque variado de ofertas, para todos os gostos e tamanhos. C&A, Riachuelo e Renner, por exemplo, inovam a cada estação: lançam pequenas coleções especiais, assinadas por estilistas famosos, com acabamento de qualidade e a preços populares. Como seus departamentos são divididos por tendências e estilos, você também encontra propostas de como usar e combinar as novidades. Vale a pena conferir!

Dicas para você se orientar na hora de fazer as compras

✓ Faça uma listinha de prioridades. Anote com toda a sinceridade aquilo de que você realmente precisa ou que deseja muito.

✓ O orçamento está curto e o salário contado? Encaminhe-se diretamente ao setor da compra que pretende fazer, sem olhar para os lados, de modo a fugir das tentações. Compre e saia, em vez de ficar passeando pela loja, pois sempre se arruma um pretexto para adquirir algo a mais e que nada tem a ver com suas prioridades.

✓ Parabéns se você sabe se controlar e não costuma comprar por impulso. Dê uma olhada nas novidades, pesquise os preços, faça comparações com outras lojas e, após fazer as contas, escolha a loja que oferece o melhor preço associado a uma boa qualidade de confecção.

✓ Não caia no papo “está super na moda”, “ficou ótimo em você” e “o preço é incrível”. As vendedoras sempre vão tentar agradá-la, pois estão de olho na comissão. Só compre se realmente gostar muito de um modelo e estiver certa que combina com o seu estilo.

✓ Não compre só porque está na moda ou muito barato, ou porque é o período das liquidações – você pode se arrepender depois. Compre para usar.

Comprando pela Internet

Fazer compras sem sair de casa é um conforto da modernidade. Hoje é possível comprar praticamente tudo pela internet. Você pode acompanhar todos os lançamentos e tendências de moda e, principalmente, pesquisar preços. Mas fique atenta, a internet pode ser traiçoeira, é preciso ficar esperta ao finalizar uma compra não levar gato por lebre.

* Compre com segurança

✓ Procure endereços que você já conhece ou indicados por amigas ou parentes.

✓ Verifique se as lojas virtuais têm endereço fixo para se entrar em contato caso haja algum problema.

✓ Antes de efetuar uma compra, leia com atenção as condições de compra. Por exemplo: prazo de entrega, se é possível fazer troca ou devolução. No caso de roupas é sempre mais complicado, pois dependendo do seu tamanho é sempre aconselhável experimentá-las, e isso é impossível pela internet. Só compre se realmente estiver certa do seu número ou se já conhece o produto. A padronização de tamanhos na internet é o grande desafio do segmento.

✓ Na hora de pagar, prefira o cartão de crédito, mesmo que exista a opção do boleto bancário. É mais seguro, uma vez que as lojas virtuais já foram avaliadas pelas empresas administradoras de cartões.

✓ Desconfie de ofertas mirabolantes, com preços muito abaixo do mercado. É problema na certa.

✓ Salve ou imprima todo o "passo a passo" de uma compra. É a sua garantia diante do Procon se tiver alguma reclamação a fazer.

* Eis alguns endereços virtuais de moda e beleza:

Moda e acessórios

www.americanas.com.br
www.cea.com.br
www.clickaporter.com.br
www.clarie&bruce.com.br
www.dafiti.com.br
www.hering.com.br
www.lojasrenner.com.br
www.leader.com.br
www.magazineluiza.com.br
www.mariza.com.br
www.riachuelo.com.br
www.qvestir.com.br
www.zara.com.br

Artigos esportivos

www.kanui.com.br
www.netshoes.com.br
www.decathlon.com.br

Beleza / Cosméticos

www.sephora.com.br
www.americanas.com.br

Vestidos de festa – aluguel e venda

www.vestidosonline.com.br
www.soarigor.com.br

1ª *edição* setembro de 2012
gráfica Sermograf
papel de miolo offset 90 g/m²
papel de capa cartão supremo 250 g/m²
tipografia Lobster e Meta Plus